気分上々

森 絵都

角川文庫
18977

目次

ウエルカムの小部屋

誰もが知っている有名大学を卒業し、誰もがうらやむ一流企業に就職し、誰もが認める知性と容姿を備えた理想的な婚約者と別れて、私が自称発明家の夫と結婚することを決めたとき、周囲の誰もがそれに反対した。

父は私を勘当すると怒り、母は泣き、祖母は死んだ。心臓発作だった。

十五年前に卒業した小学校の担任教師までもが噂を聞きつけて手紙をくれた。

「誰しも人生の中で魔の差すときはあります。かたく目を閉ざして通りすぎねばならないところで、あなたは両目を開けてしまったのですね」

そう。私は両目を開けた。婚約者の背後には盛りだくさんの将来が、夫の背後にはすっからかんの未来が見えた。たぶん魔が差したのだ。

私の勤める会社の景気がよかったことも、人々が言う愚かなる冒険の一因になったのは事実だ。父から勘当されるままに家を出て、夫とふたりで暮らしはじめるとき、私は自分が傍《はた》からみじめに映らないようにとエージェントが多少熱を入れる程度の価格帯で賃貸マンションを選んだ。自称発明家の男と結婚→約束された貧乏→苦労の絶えない日々、というイメージをあらかじめ払拭《ふっしょく》しておくために。

〈都会の美景が一望できるハイグレード・ヒル、ついに完成〉と謳《うた》われていたマンションの二十六階。部屋選びに一切口を出さなかった夫は、引っ越し当日に初めてその部屋を訪れるなり、「おお」と歓喜の声をあげた。広く開けた玄関。長くのびるフローリングの廊下。最小限の家具を配した大きなリビング・ダイニング。生活臭を感じさせないそれらすべてが夫を満足させたようだ。中でも一番のスペシャルはやはり窓からの見事な眺望だった。

「見なよ、ビルも家も人も木も車も、みんなミニチュア！　子供のころに集めてた消しゴムみたいだ」

私がせっせと荷物を片づけているあいだじゅう、夫はせっせと私のあとを追いまわしつづけた。

「素敵な部屋だ。どこをどうとっても素敵だ。まだ何もないのが何よりいい。あらゆる発明は無から生じる。ああ、ここにいるとポップコーンみたいにアイディアがはじけまくりそうだ」

たとえば、と夫はトイレのドアを指さした。

「こんなのはどうかな。ええっと……そう、自動開閉式便蓋《べんふた》！」

「自動開閉式便蓋？」

「それさえあれば君はもうトイレに入るたび、わざわざ自分の手で便座の蓋を開いたり、閉じたりせずにすむわけだ」

「革新的だわ」

彼を盲目的に愛していた私は言った。

「自動的に電気がつくトイレや、自動的に水が流れるトイレはある。でも、自動的に便座の蓋が開くトイレだなんて！」

「僕はただ物理的な便利さだけを求めてるわけじゃない。もっとこう……精神的な充足や安らぎを人々に提供したいんだ」

「というと？」

「考えてごらん。君はこの消しゴムみたいな街の真んなかで暮らしている。毎晩遅くまで働いて、思いもよらないトラブルや人間関係で神経をすりへらし、くたくたになってこの部屋へ帰ってくる。それでも、どんなに疲れてたって君は玄関やリビングの電気をつけなきゃならない。テレビのスイッチを入れて、冬ならば暖房を、夏ならば冷房を入れなきゃならない。でも、トイレだけはちがう。一歩足を踏み入れるなり、便蓋は何もせずとも君を無条件で迎えいれてくれるんだ。『ウエルカム！』とばかりにぱっかり体を持ちあげてね」

彼の下着をチェストへ収めていた私の腕を引きよせ、夫は「ウエルカム、ウエルカム、ウエルカムの小部屋！」と歌いながら踊りだした。私たちはワルツのステップでキッチンにとなりあわせたトイレの前まで進み、クスクス笑いながらそのドアを開いた。

とたん、同時に笑顔を凍らせた。

ジジッと機械的な音を立て、目の前の便蓋が自動的に開かれたのだ。

あとから思えば、この一件はじつに夫らしい、彼の特性を如実に表したエピソードだった。

自称発明家の夫はたしかにアイディアに富んでいて、身のまわりにあるなにげないものの思わぬ側面へ目を向けたり、一歩進化した姿を考えたりと、絶えずくるくる頭を回転させていた。が、それはあくまで「一歩」だった。思うに、発明家とは人より二歩も三歩も先を行かねばならないのではないか。早い話、夫の頭にひらめく大発明はどれもすでにほかの誰かが考えたり、商品化したり、特許を取ったりしているものばかりだったのだ。なにより致命的だったのは、夫が生来の機械音痴であったこと。私の夫はかつてパソコンの電源を入れたこともなければ、テレビ番組の録画に成功したこともない男だったのである。

夫のイマジネーションが知識よりも無知から生まれるものであるのを悟りはじめたころ、私はついにしびれを切らせて言った。

「あなたのアイディアがポップコーンみたいにはじけまくっているのはよくわかったけど、そろそろ、そのアイディアを検証する段階へ進むべきじゃないかしら」

「検証？」

「たとえば、ポップコーンマシーン。干からびたとうもろこしがなぜあの上ではじけるのか。いかにしてポップコーンができあがるのか。その原理に迫らないことには、どんな発明も絵空事のままで終わってしまう。必要なのは具象化するための技術よ」

そう言いながらも、私は彼がむしろポップコーンを齧《かじ》るだけの側へまわってくれることを密《ひそ》かに願っていた。結婚から半年、早くも彼のすっからかんの未来にときめきよりも不安を抱いていたのだ。冷静に社会を見渡すに、発明で生計を立てている人などはいない。

しかし、夫は私のひと言ひと言を吟味してから言った。

「わかった。でも、僕はポップコーンより、むしろうちのトイレに興味があるな」

「トイレ？」

「便蓋が自動的に開くのは、僕らがトイレに入った瞬間だ。それは目に見えるからすぐわかる。でも、一体あれはいつ閉まってるんだろう？　トイレを出るまで蓋が閉まる音はしない。出てから聞き耳を立てても閉まる気配はない。それでもつぎにまたトイレへ入るとき、僕の目の前でまた自動的に蓋が開くってことは、やっぱりいつのまにかこっそり閉まってるわけだよね。一体いつ、どんなからくりで蓋が閉まるのか、一度その原理を追究したいと思ってたんだ。君のおかげで決心がついたよ」

私に感謝のキスをした夫は、早速、謎の解明に乗りだした。トイレのドアを開けたり閉めたり、蛍光灯を点《つ》けたり消したりと、どうやら便蓋の反応を調べているようだ。

「ドアの開閉とは関係なさそうだ。明かりに反応してるわけでもない。ってことは、もしかしたら音かな」

ぶつぶつ言いながらトイレを離れ、スパイのような忍び足で再びすりよっては、便蓋の動きに目を凝らす。

「もしや、視線か？」

あげくのはてには便蓋と目を合わせないように、わざわざそっぽをむいてみたり。

大の男が……と思いはしても、そんな姿はやはり憎めない。

「ばかね。便座の蓋が視線を感じるわけないじゃない」

私はクスクス笑いだし、夫はそれを待っていたように私を抱きよせて、その関心をトイレからベッドへと移動させるのだ。

しかし、そんな戯れが通用したのも一年が限度だった。

結婚二年目、勤め先でのポジションが上がって、私はにわかに忙しくなった。帰宅は連日遅く、ようやく休みがとれたかと思えば、今度は夫のほうが夜勤で朝帰り。彼はそのころ某テレビ局で警備員のバイトをしていたのだ。

私たちの生活はまさにすれちがい。私はキッチンで二人前の料理を作ることがなくなり、夫は私に新しいアイディアを語ることがなくなった。語られなくなったアイディアたちがどこへ行ったのかを知ったのは、結婚三年目に入ってからだった。

夫は自分のアイディアを語る新しい相手を見つけていたのだ。

私たちの結婚はポップコーンのようにはじけて破綻《はたん》した。夜勤と偽って女のもとへ通っていた夫に、私は泣きわめきながら「死んでやる」と脅し、相手の女にも電話で「殺してやる」と凄《すご》んだ。あんたなんてただのジゴロだ。セックスアピールのかけらもない史上最悪のジゴロだ。これまで私が支払ってきた家賃の半額を返せ。それとはべつに慰謝料もよこせ。

私はあらんかぎりのひどい言葉で夫を傷つけようとしたけれど、他の女に恋をしている男を傷つけるのは容易なことではなく、結局、心に深手を負ったのは私自身だった。

夫は女のもとへ去り、私はひとりになった。無駄に広すぎる部屋でひとり夜を過ごし、朝になるとひとりで目を覚まして、会社へ行き、再びひとりの部屋へもどる。そんな殺伐とした毎日の中で、皮肉にも、私は幾度となく夫の言葉を思いかえすことになった。

「君はこの消しゴムみたいな街の真んなかで暮らしている。毎晩遅くまで働いて、思いもよらないトラブルや人間関係で神経をすりへらし、くたくたになってこの部屋へ帰ってくる。それでも、どんなに疲れてたって君は玄関やリビングの電気をつけなきゃならない。テレビのスイッチを入れて、冬ならば暖房を、夏ならば冷房を入れなきゃならない。でも、トイレだけはちがう。一歩足を踏み入れるなり、便蓋《べんふた》は何もせずとも君を無条件で迎えいれてくれるんだ。『ウエルカム!』とばかりにぱっかり体を持ちあげてね」

ウエルカム――。

今では憎々しい夫の言葉でも、この一節だけはなぜだか憎めず、私は実際、トイレのドアを開けるたび、たしかにその小部屋へ迎えいれられている思いがして、ほっとした。地上二十六階で取りすましているモダンな部屋の片隅で、ここだけが本当に私を受けいれてくれている。私だけのためにいつもスタンバイをしてくれているのだ、と。

夫や仕事、蹴《け》り飛ばしたくなるほど感じが悪いデパート店員などが私の心に荒波を起こす日は、それが鎮まるまで小部屋でゆっくり読書をした。

夫と正式に離婚したのちも、最終的に私が彼を嫌いになりきれなかったのは、彼が瞬く間に例の女からフラれたせいだけではなく、そんな小さな、ふしぎな安らぎを私に残してくれたせいかもしれない。

離婚から半年後、私は小部屋でのリハビリテーションを終了し、再び騒々しい大部屋へと足を踏みだす決意をした。夫の匂いが沁《し》みこんだこの部屋を離れ、また新たな場所へと自分を進める気になったのだ。

引っ越し前には家中をぴかぴかに掃除した。世話になった便器はとくに念入りに、時間をかけて磨きあげよう。ぞうきんを片手に私は小部屋で奮闘した。すると――私の入室時、例によって自動的に開いた便蓋が、ある瞬間にジジッと音を立てて閉まったのだ。

ドアを閉めたわけではない。電気を消したわけでもない。音を立てたわけでも、ましてや視線を逸《そ》らしたわけでも。

便蓋は一定の時間が経てば閉まる仕組みになっていたのだ。

あまりに単純な発見を前に、私は吹きだせばいいのか泣きだせばいいのかわからなかった。

このからくりを知るのに必要なのは一定の時間だけだったのに、夫にはそれが待てなかった。そして、私は夫が待てるようになるまで待てなかったのだ。

彼女の彼の特別な日
彼の彼女の特別な日

彼女の彼の特別な日

元彼の結婚式の帰りに、初めて一人でバーへ立ち寄った。仄暗《ほのぐら》いカウンターの片隅で胸のざわめきを鎮めたかった。なのに隣席の男から声をかけられ、気がつくと星座がどうの血液型がどうのと質問攻めにあっていた。

お願いだから放っておいてほしい。

私が席を立ちかけた瞬間、男は言った。

「互いに一つずつ願いを叶《かな》えあいませんか」

「願い？」

「さしあたり僕は君の携帯番号を知りたい」

キザな文句。私は失笑した。

「それなら、私は時間を二年前に戻したい」

今日、別の女と晴れやかに笑っていた新郎がまだ私の彼だった二年前。いつもとなりで笑っていたのは私のはずだった。子供じみた意地の張りあいから彼を失ってしまう以前の自分に、戻れるものなら今すぐに戻してほしい。

「二年前か。ちょっとむずかしいな」

「なら二日でもいい。二日前に戻して」

彼がまだ完全に別の女のものになっていなかった二日前。結婚なんてやめて私とやりなおして。なりふりかまわずにそう頼んだら、彼は迷ってくれただろうか。

いや、「君の幸せを心から願っています」と結婚報告のメールに添えてよこした男が迷うわけがない。

「それもむずかしいな。せめて二時間前くらいに負けてもらえませんか」

さらに粘られ、言葉に詰まった。二時間前。なるほど、その程度なら今からでも取り返しがつきそうだ。そして私はその二時間前に、たしかに一番大事な何かを置き忘れてきた気がしていた。

「わかったわ。二時間前で手を打ちましょう」

私は男に告白した。

「じつは私、その頃、忘れられない人の結婚式にいたの」

男は瞳《ひとみ》を強《こわ》ばらせ、とても素朴な困惑顔をしてみせた。

「すみません。つらいことを思い出させてしまって」

「ううん、つらくなんてなかった。だって式のあいだじゅう、私が考えていたのはたったひとつきりだから。自分はちゃんと笑っているか。彼が選んだ花嫁よりも綺麗《きれい》で幸せな女に見えるか。つまらないプライドのかたまりみたいになって、全力で平静を装ってた。来てくれてありがとうって彼が声をかけてきたときも、元同僚の義務よ、なんて突っぱねてね」

見ず知らずの男に何を話しているんだか。そう思いながらも口が止まらない。

「今は後悔のかたまり。彼との別れを後悔してる。意固地になってた日々を後悔してる。そしてなにより、彼の特別な日に自分のことばっかり考えていたことを後悔してる。もしも二時間前に戻れたら……」

私は花嫁の手にしていたブーケの色に似たミモザを見下ろしてつぶやいた。

「どんなにつらくても、彼にちゃんと伝えたい」

「なんて？」

「結婚おめでとう」

無理をして微笑んだ。はずが、ミモザに一滴の涙が沈んでいた。

酔っている。みっともない。となりの男はさぞかしあきれているだろう。

けれど男は驚くほど誠実な困惑顔を保ったまま、胸のポケットに挿していたペンに手を延ばした。

「降参です。時を戻せない僕にはあなたの願いを叶えることができない。よって、僕の願いであるあなたの携帯番号も聞くわけにいかない。でも、もしもその新郎の番号を教えてくれたら、あなたの伝えたかった言葉を代わりにお伝えすることはできますが……」

私は初めて男を正面から捉《とら》えた。思ったよりも丸顔の三枚目風だった。この人はキザなのか、お人好しなのか、それともただの世話好きか。妙に胸を騒がせる疑念は、ひさびさに芽生えた好奇心でもあった。この人のことをもう少し知ってみたい気がする——。

彼の差しだしたペンを手に取り、私はコースターに自分の携帯番号を記した。

彼の彼女の特別な日

祖母の四十九日、親戚《しんせき》一同との会食の帰りに、初めて一人でバーへ立ち寄った。皆の前では平静を装っていたものの、祖母の魂が今日をかぎりに昇天してしまうことを思うと、おばあちゃんっ子の僕には並々ならない喪失感があった。

行かないでくれ、おばあちゃん。そんな未練を引きずりながら酒を飲み、ふと横を見ると、若き日の祖母の写真にそっくりの女が酒を飲んでいた。

これはたぶん、いやきっと、祖母の魂が最後の力をふりしぼってセッティングしてくれた縁に違いない。僕は勇気をふりしぼり、生まれて初めて女に声をかけた。

「お一人ですか」

高鳴る鼓動。速まる脈拍。しかし、どうやら盛りあがっているのは僕一人で、彼女は顔を向けようともしない。以前、会社の同僚から教わった奥の手「星座と血液型の話をすれば女はいちころ」を実践してみるも、いちころどころかますます彼女を白けさせて終わった。

こうなったら最後の手段。僕は得意先の係長に教わった「とっておきの殺し文句」

で勝負に出た。

「互いに一つずつ願いを叶えあいませんか」

「願い？」

「さしあたり僕は君の携帯番号を知りたい」

ふりむいた彼女の冷笑に顔がほてった。おまえは人の言葉を鵜呑《うの》みにしすぎる。年中そうこぼしていた祖母の渋面が脳裏に去来する。

「それなら、私の願いは……」

彼女は完全に僕を軽蔑《けいべつ》した様子で無理難題を突きつけてきた。二年前に戻りたい。二日前に戻りたい。こうして僕をからかい、煙に巻いて逃げる気だ。けれど二時間前の話になったところでにわかに雲行きが変わった。

「私、忘れられない人の結婚式にいたの」

彼女の顔から表情が消え、雨に打たれた彫像みたいにしめやかな輪郭だけが残った。唇に貼りついた人工的な笑みが痛ましく、寒々しい。二時間前にべつの女と結ばれた男のことを今も思っているのだろう。

ああ、この人はやっぱりおばあちゃんと違う。あたりまえだが、ふいにそう思った。祖母の魂は今頃またどこかに新しく生まれ変わるための準備体操でもしているのだろうが、今、目の前にいる彼女の魂は僕と同じこの世界で苦しみ、身悶《みもだ》えている。僕が初めて声をかけた女。よく見ると昔の祖母よりも歯並びがよく、眉《まゆ》のラインも美しい。こんな女を泣かせているのはどんな野郎だ。

結婚おめでとう。

そう伝えなかったことを悔やんでいると彼女が言ったとき、僕はわけのわからない衝動に駆り立てられて、お節介にも新郎の電話番号を尋ねていた。

十中八九、その男は彼女が「おめでとう」を口にしなかったことなど気にしちゃいないだろう。なんせ自分の結婚式だ。朝からバタバタと慌ただしくて、緊張して、舞いあがって、シャワーのように降りそそぐ祝福に慣れきって、あぐらをかいていたはず。そして今頃は二次会か。シャンパンをがぶ飲みし、二人のなれそめクイズかなんかで盛りあがり、「キッス、キッス」なんて煽《あお》られてニヤついてるんだ。

だからこそ教えてやりたかった。この薄暗いバーの片隅で、たった一人で、うんと無理をして彼女がつぶやいた「おめでとう」の一語を。

とはいえ、彼女が本気でコースターに電話番号を書きだしたときには、ちょっと腰が引けた。え、マジ？　ほんとに伝言するの？

「おまえは嘘をつかない子だ。それだけが取り柄だけど、それだけで十分だよ」

祖母の言葉を思い出し、よし、と僕は覚悟する。こうなったら心して新郎に電話をしよう。彼女の「おめでとう」を全力で伝えよう。そして願わくば、その男から彼女の電話番号を聞きだしたい。

17 レボリューション

十七歳の誕生日、あたしはイヅモに絶交を申し渡した。

「頼む、イヅモ。なにも聞かないで、これから一年間、あたしと絶交してくれ」

教室の椅子に正座して、机に三つ指をついて、ぐぐぐっと頭をさげた。

返事はない。やっぱ怒ってるのか？　おそるおそる顔をあげると、イヅモはほおづえをついてかったるそうに窓の外をながめてた。

「イヅモ、人の話聞いてる？」

「聞いてる」

「なんか言うことは？」

「べつに」

「なにそれ」

「千春《ちはる》のことだから、またなんか常人の及びもつかないようなへんなこと、考えてるんだろうと思ってさ」

「へんなこと？」

あたしはへりくだるのをやめて反論した。

「とんでもない、超マジな話だよ。今度こそあたし、絶対、なにがなんでも自分を変えるの。これからの人生、よりよく生きるためには、自分革命しかないんだよ」

「よりよく生きるためには、わたしはじゃまってわけか」

「いや、そんな単純なことでもなくって……。話せば長いけど、とにかく、自分革命のためにはイヅモと絶交する必要があるわけよ、つらいけど」

「ふうん。じゃあ、絶交すれば」

「え、いいの？」

「あんたの人生がどうよくなっていくのか、とくと拝見させていただきましょう」

まんざら強がりでもなさそうに言うと、イヅモは机の中から教科書を取りだし、きっちりと角をそろえて鞄《かばん》につめはじめた。毎日、律儀に全教科書を持ち帰るめずらしい女子高生なのだ。ていうか、変人？

「確認しとくけど、絶交ってからには、明日《あした》から学校の行き帰りもべつべつなわけね。電話もメールもいっさいナシ。もちろん家にも遊びに行かないし、学校ですれちがっても完全無視。教科書、借りにきたって貸さないからね」

至極、事務的に念を押すイヅモ。

そっか、絶交ってのは、一緒に登下校できなくなるってことなのか。電話もメールもダメなのか。イヅモのいない放課後なんて、どんなにつまんないだろう。教師や芸能人に対する辛口コメントを聞けなくなるのも大きな損失だ。

急激にものがなしくなりながらも、あたしは決意を曲げなかった。

「うん、とりあえず一年間はイヅモなしでがんばってみるよ。それから先のことはまた応相談ってことで」

「そんなに都合よくいかないかもよ。わたしはわたしでほかの親友、見つけちゃうかもしれないし」

「やだー、そんなさびしいこと言わないでよ」

「どっちが、よ」

しまいにはマジで雰囲気が悪くなってきた。

「じゃ」と、イヅモが鞄を手に立ちあがる。「そんなわけで、一人で帰ります。さよなら」

「え、もうはじまってんの？」

「はじまってる、はじまってる」

「だって今日、あたしの誕生日だよ。明日からでいいじゃん」

「そんな甘ったれたことじゃ自分革命も先が思いやられるよ」

かくして、イヅモは我が子を千尋の谷へ突きおとす親ライオンさながらの勢いで去っていき、放課後の薄暗い教室にはあたし一人が残されたのだった。

遠ざかっていく足音を、未練がましく耳で追う。

マジで谷底へ突きおとされた気分。力をぬいたら泣きそうだ。

でも、あたしは決めたんだ。

これからはつきあう相手を選ぶのだ、と。


つきあう相手を選びなさい。なんて大人たちから言われるたびに、これまであたしは「やなこと言うなあ」って思ってた。なんかえらそうな感じ？　たかだか仲良くするくらいのことで、人が人を選ぶなんておおげさじゃないか、って。

でも、だけど、しかし、人生十七年目にして、あたしはきっぱり決めたんだ。これからは選んでやる！

そもそも、あたしはゆるすぎた。相手が男でも女でも、ちょこっと知りあって「なんか好き」って思うと、それ以上なんにも考えずに友達になったり、彼女になったりして、節度ってのがなさすぎた。その友達がお金にルーズで貸したら返ってこなくても、その彼氏に何度も似たような嘘をつかれても、スタートラインの「なんか好き」はどうしようもなく不動で、なんか嫌いになれなくて、いつも結局は許して、泣き寝入りしてしまう。それがまた相手をいっそう図に乗らせても、失うよりはマシだと我慢してしまう。「なんか好き」を超える価値基準を持ってないから、なんか好きな相手にいつも流されて、ふりまわされて、いいようにされちゃうんだ。

たとえば、クラスメイトの山代《やましろ》あや香《か》は、「小金を持ってる男としかつきあわない」と公言する。将来、大金持ちに化けそうな器の持ち主しか相手にしないんだと。それがあや香の価値基準だ。金持ちはマル、中流以下はバツ。

同じくクラスメイトの新島剛司《にいじまたけし》は、「男女問わず、顔のいい人間としかつきあわない」とほざいてる。イケ面はマル、ぶさいくはバツ。

いいか悪いかはべつとして、自分だけの確固たる価値基準を持ってるあや香や新島は、なんだかいつも自信ありげで、どっしりとしてて、絶対、周囲に流されない。なにがあってもぐらつかない感じ。たとえ大地震が起こっても、あの二人だけは余裕でサバイバルするような。あたしが身のまわりにある「なんか好き」なもののうち、どれとどれを持っていこうかっておたおたしてるあいだに、やつらは自分にとって価値のあるものを速攻選んで生きのびるんだろう。

あやかりたい。いや、マジで。

というわけで、十七歳の節目をむかえるにあたり、あたしは〈あや香と新島に続け――人にふりまわされて泣かないための自分革命〉を今後一年間のスローガンに採択したのだった。

「なんか好き」ってだけで人とつきあうなんて、あまりにお気楽すぎた。リスキーで、軽率なことだった。今後はあや香や新島に負けない価値基準を築いて、それに忠実に生きるんだ。

問題は、いったいどんな価値基準を築けばいいか、ってこと。

お金があるとかないとか、顔がいいとか悪いとかは、あたしにとってそれほど大事なことじゃない。

じゃあ、なにが大事？

あたしは悩みに悩んだ。

善人か、悪人か。

頭がいいか、悪いか。

気が長いか、短いか。

おしゃべりか、無口か。

派手か、地味か。

清潔か、不潔か。

運動神経がいいか、悪いか。

けんかに強いか、弱いか。

ファッションセンスがいいか、悪いか。

モテるか、モテないか。

同性に好かれるか、異性に好かれるか。
ギャグがウケるか、スベるか。
気前がいいか、ケチか。
時間に正確か、ルーズか。
健康か、病弱か。
デブか、ヤセか。
毛深いか、薄いか。
死後の世界を信じるか、信じないか。
旅行に行くなら海がいいか、山がいいか。
悩みに悩んだ上で、あたしはこれを採用した。

◎イキがいいか、悪いか。

　これってけっこう、大事なことなんじゃないかって思う。イキがいい相手と一緒にいると、なんとなくこっちまで元気になるし、いつも楽しい気分でいられる。イキが悪い相手といると、こっちまでしんきくさくなる。

　とりわけ十七歳の誕生日、あたしはかなりへこんで、しんきくさいの境地にいたから、景気づけって意味もこめて、今後は「イキがいい」を一番の価値基準として生きることに決定したのだった。

問題は、イヅモだった。高一のときのクラスメイトで、二年でクラスが離れてからも親友の座をキープしてるイヅモは、めちゃくちゃ頭が切れるっていうか、観察眼が鋭いっていうか、人のことをおもしろおかしく批評させたら天下一品だ。いつもクールで醒《さ》めてるけど、こっちが弱ってるときには妙に親身になってくれたりもする。なんつうか、いぶし銀みたいな味のある女だ。

でも、いかんせん、イキが悪い。

あたしはイヅモがきゃぴきゃぴはしゃいでるところを見たことがない。なんせ声が低いし、ハスキーだし。女子高生のくせにケーキが苦手で、好物はつぶあん系の和菓子ときてるし。初恋の相手は水戸黄門だし。好きな作家は堀辰雄《ほりたつお》と福永武彦《ふくながたけひこ》だし（二人ともサナトリウムに入ってる）。髪は直毛ロングで真っ黒だし。視力は両眼2・0もあるのに、よく人から「あれ、イヅモ、眼鏡かけてなかったっけ」とかイメージでものを言われてるし。

イヅモの持ち味である「渋み」や「わびさび」は、どうしたって「イキ」とは相容《あいい》れない。親友だから多少の難なら大目に見たいとこだけど、ここまで規格外の相手にしょっぱなから妥協をしていたら、いつまでたってもあたしはあたしを変えられない。

イヅモ、許せ。あたしは自分革命のためにあんたを犠牲にする。この痛みを、心の血を、自分革命の原動力として有効利用させてもらう。

と、まあ、そんな具合でくだんの絶交申し入れに至ったってわけ。

イヅモからの手紙が学校の下駄箱に忍んでいたのは、その翌日のことだった。

拝啓。絶交中の身の上につき、文《ふみ》もまた禁忌に含まれるのでせうが、今ひとたびは御海容下さいませ。

と申しますのも、昨日の絶交宣言、何分にも藪《やぶ》から棒ゆえに心惑うばかりで言いたい事も露言えず、残り惜しい感があるのです。

兎《と》にも角にも心腹の友なる貴女《あなた》の自分革命の為ならば、絶交如きは朝飯前のお安い御用、私には他に級友もいるのでさしたる障りもありません。

それよりも、心掛かりは貴女です。

そもそもこの自分革命、近今における貴女の見るも哀しき意気阻喪に端を発しているのは明々白々ですが、なにゆえそうなったのかと惟《おもんみ》るにこれ畢竟《ひっきょう》、元凶は真野《まの》信輔《しんすけ》に他なりません。お医者様でも草津《くさつ》の湯でも惚《ほ》れた病は治りゃせぬと申しますが、失恋とはかくも人心を攪乱《かくらん》するものでせうか。

思えば高校入学当初、多田《ただ》和郎《かずお》に失恋をした折も、貴女は大いに消沈し、自分を変

える の変えないのと思案投げ首の体《てい》でした。その舌の根も乾かぬうちに市川徹《いちかわとおる》と睦《むつ》んで捨てられた折も然《しか》り。

「高一の花盛りに二人の男からふられるなんて最低だ。女として幸先《さいさき》が悪すぎる。かくなる上は、今までの人生はなかったことにして、新しい自分に生まれ変わるしかない！」

然れども、その獅子吼《ししく》からよもやの一ヶ月後、貴女は「ちょっと好きな人ができた」と平気の平左で言い放ち、真野信輔と懇ろの仲になった。時には石橋を叩《たた》いてはどうでせうかと苦言を呈した私に、「止めてくれるな、イヅモ」と言い残し、怖《お》めず臆《おく》せず真野信輔へ猛進していったのでした。

あれから五ヶ月。三度目の失恋の味はいかばかりかと天を仰いで長嘆息すると同時に、今こそその苦汁を己《おの》が身に、骨に、肉に、しかと刻してほしいと願わずにはおられません。

自分革命、大いに結構です。不肖イヅモ、不惜身命《ふしやくしんみよう》の構えで応援いたします。なにゆえ私と絶交せねばならないのかは想像だにつきませんが（貴女のことだから、ああでもないこうでもないと悶絶躃地《もんぜつびやくじ》の末、世にも頓珍漢《とんちんかん》な結論に至ったのでせうが）、ひとたび思い定めたからには女たるもの緊褌《きんこん》一番、その信念をゆめゆめ曲げることなく貫き通して下さいます様。

私は柱の陰より幾久しく見守っております。

かしこ

あたしはその手紙を三回読んだ。毛筆で、しかも草書ときてるから、なに書いてんだか一度じゃ頭に入らなくて。三度目にしてやっとぼんやり意味をつかむと、文末の「かしこ」をにらんだまま、おまえはあたしの乳母か、と心で突っこんだ。

書かれてる内容は鋭いし、たぶん正しい。けど、いかんせん、書きかたのイキが悪すぎる。「悶絶躃地」とか「緊褌一番」とか、意味わかんない上に女子高生らしくないにもほどがある。でもって、そのイキの悪い文の行間に、ほのかな愛情みたいなのがちらついてるもんだから、よけいにタチが悪い。もちろん愛情だけじゃなく、かなりの皮肉もきいてるんだけど。

はたしてイヅモはあたしを本気で応援してるのか、愛想をつかしているのか。あたしがいなくても「障りはない」なんて書いてるけど、これは虚勢か、真実か。

あたしのこと、一番わかってるイヅモなだけに、絶交してもなおかつエールを送ってくれるんなら、それは素直にありがたい。でも逆に、一番わかってるイヅモに愛想をつかされたとしたら、あたしは究極のダメ人間だ。その上、いてもいなくても「障りはない」となると、あたしの存在ってなんなんだ、って話になる。

こみがちで、そんな自分がいやで、やめたくて、だから今はイキのいい相手とだけ一緒にいたいんだ。
ああ、面倒くさい。あたしはこんなふうにああでもない、こうでもないって考えこみがちで、そんな自分がいやで、やめたくて、だから今はイキのいい相手とだけ一緒にいたいんだ。

わいわい騒いで「今」をやりすごせたら、それでいい。あたしの心の中にまで入ってこなければ、だれもあたしをかきみださない。

あたしはイヅモの手紙を渋すぎる和封筒（松の墨絵入り）にもどすと、勉強机の引きだしの奥の奥へとしまいこんだ。

本格的な自分革命がはじまった。

といっても、クラスの友達はもともとイキがいいのが多いから、表面的にはそれほど大きな変化はない。いつも一緒にいる六人グループ中、とりわけイキのいい瑞穂《みずほ》にできるだけ接近して、ちょっとイキが悪いカーコ（通学に二時間もかかっていつも疲れてる）や菅原《すがわら》（滑舌《かつぜつ》が悪いし、冷え性）とは極力、距離をおく程度。

イキのいい子にはイキのいい友達がついてるもので、しょっちゅう瑞穂にくっついてまわってたら、いつのまにかほかのクラスのイキのいいのとも顔見知りになっていた。休み時間や放課後は、各クラスのイキがいい代表みたいな子たちと廊下にしゃがみこんでギャイギャイと雑談する。話の内容は軽ければ軽いほど、イキがいい。

そうこうしてるうちにあたしは学校以外の遊びにも誘われるようになって、放課後のカラオケパーティーに飛び入りしたり、ケーキバイキングにつきあったりと、みるみる行動範囲を拡張した。人脈女王のつかさがセッティングする合コンにもこまめに顔を出した。正直、恋なんてもうこりごりだけど、イキのいい男友達はいたほうがいい。

その点、貫太《かんた》は悪くない相手だった。

二年A組、道生《どうじょう》貫太。イキのいいみんなをさらに盛りあげる鳴りもの役といったキャラの彼は、クラスもちがうし、それまで「うっさいのがいるなあ」くらいにしか思ってなかったけど、カラオケや合コンで顔を合わせるうちに、そこそこ口をきくようになった。遊びすぎてお小遣いが底をついたあたしにバイト先を紹介してくれたのもこの貫太だ。

「いいバイトないかなあ」

「俺のバイトしてるカフェ、けっこういいよ」

「なにが」

「まかないが」

「紹介して」

みたいな軽いノリだったけど。

実際、そこのカフェは客向けのメニューはありきたりなのに、従業員向けのまかないは創意工夫に富んでいて、あたしはおおいに満足した。

けど、紹介者の貫太とは、最初のうち、いまいちしっくりいかなかった。学校とバイト先のダブルで顔を合わせてるのに、なんとなく距離を感じるっていうか、一線を引かれちゃってる気がするっていうか。だれに対しても「俺とおまえ」みたいなノリの貫太が、あたしにだけ妙によそよそしい。

その理由を知ったのは、バイトをはじめて約二週間がすぎたあたりだった。

「俺、さあ」

二人で遅番を勤めたその日、駅まで一緒に帰りながらもずっと黙りこくってた貫太が、急にぼそっと言ったのだ。

「俺、真野と同じクラスなんだよね」

あたしは貫太の顔をじっと見た。じっと見すぎて呼吸が止まり、つぎに吸えばいいのか吐けばいいのかわからなくなって、ちょっとパニクった。

「うん。知ってる」

吸って、吐いて、両方やってから、やっとうなずいた。

で、それがなに？

話の展開を瞳《ひとみ》でうながすと、貫太は再び「俺、さあ」とふりだしにもどった。

「一年のとき、多田とも、同じクラスだったんだよね」

今度は呼吸が止まらなかった。うむ、そうきたか。

「市川徹とは接点ないけど、倉本《くらもと》が、前にあいつともつきあってたのは知ってる」

「ふうん。で？」

「で……」

鼻の頭をぽりっと掻《か》く程度のためらいのあと、貫太は一息に言いきった。

「ぶっちゃけ、そんだけころころ男とつきあっときながら、いざってときになるとエッチはさせないって、あんた、矛盾してねえか？　その胸はなにか、絵に描いた餅《もち》か？　男心をもてあそんで楽しんでるわけか？」

「どこ見てんのよ」

あたしは胸の前で両腕を組みあわせ、エロおやじさながらの視線をブロックした。

貫太は裏表のないからっとしたやつだけど、こういうタイプにありがちな無神経さもあわせもっている。イキのよさを求めるってことは、この弊害も同時に受けとめるってことなのか。

「エッチさせないって、そんなの、なんで知ってんのよ」

「それは、まあ、風のうわさつうか」

「だれが言いふらしてんだか知んないけど、もてあそぶもなにも、いつだって、ふりまわされてたのはあたしのほうなんだから。最後にふられるのはあたしなんだからね」

「けど、男の立場からすると、つきあうだけつきあってエッチなしってのは、殺生てか、誇大広告てか、どうにも腑《ふ》に落ちないもんがあるわけよ」

「それは……」

誇大広告とまで言われたらしかたがない。あたしはしぶしぶ打ちあけた。

「それは、ママとの約束だから、しょうがないんだよ」

「約束？」

「十代のうちはエッチしないって」

よもやこの一言が貫太を激変させようとは。

「おまえ、母親とのそんな約束、守ってんの？」

いつも微妙に目をそらしてた貫太が、このとき、はじめて真正面からあたしを見すえて、うひゃっ、と笑った。うひゃうひゃうひゃ、っと。

「なんだ、倉本おまえ、けっこうまじめなんだな。てか、お子ちゃまってか、かわいいとこあんだな。てっきり魔性系かと思って警戒してたよ、ごめん、ごめん。そういうことなら俺だって話がわからないでもない。てか、なかなか新鮮でいいと思うぜ、そういう、ママとの約束系。ぶっちゃけ、男なんてやりたいだけってのが多いしさ、自分を大切にするのはいいことだよ、うん。これからも周囲に流されずに、しっかりママとの約束を守ってけよ」

エロ説教おやじと化した貫太はなんだかんだと言いつづけてたけど、あたしはべつに自分を大切にしたくてママとの約束を守ってるわけじゃない。ママの持論……つうか脅し文句があまりにもリアルで説得力あるから、ビビってキス以上できずにいるんだ。

「いい、千春。数多《あまた》の恋愛を経てきたママだから言えるけど、若いうちからあんまり男遊びをするもんじゃないわよ。ママの知りあいで十代のうちから遊びまくってた女たちは、そこで男運を使いはたしちゃって、今じゃ男ひでりで苦労してるわ。逆に、若いころに男運のなかった女のほうが、二十代、三十代と年を取るほどにいい男と知りあって、幸せになってる。人生、うまいことできてるもんよねえ。あなたも四十すぎて男ひでりに泣きたくなかったら、せいぜい自重しておくことよ」

こんなこと娘に言う母親がどこにいる？

ここにいる。駅の改札で貫太と別れてから二十五分後、あたしがマンション十二階の我が家へ帰りつくと、ママがリビングのテーブルで玉子がゆをすすっていた。

「おかえり。千春もおかゆ、食べる？」

平日の午後十時。この時間に彼女が家にいるのはめずらしい。

「いらない。バイト先でまかない食べたから」

「そんな、いつもまかないばっかりじゃ栄養かたよるわよ」

「だいじょうぶ、まかないには力入れてバイト先選んでるから。っていうか、ママ、今日は早いじゃん」

「なんか風邪気味でね、今日はとくにトラブルの報告もないし、早めに帰ってきちゃった」

十年前に友達と二人で人材派遣会社を立ちあげたママは、ここ数年でめっきりいそがしくなって、最近じゃあたしが起きてるうちに帰ってくることはめったにない。会社が軌道に乗ってる証拠だから、うれしい悲鳴ってやつなんだろうけど、仕事、仕事で女としての幸せを完璧《かんぺき》に放棄してる姿は、娘のあたしから見ても「それってどうよ」と思う。

「ママ、そろそろ恋人の一人もつかまえたほうがいいんじゃないの。あたし、ママの葬式で言われんのいやだよ。仕事では成功したけど女としての幸せには恵まれなかった、とか」

「よけいなお世話よ。わたしはね、これでも年下の女性たちには慕われてんのよ。頼もしいとか、お父さんみたいとか」

疲れた肌にシミをうかせた四十女が、自慢にもならない自慢をする。これが、十代のうちからエッチしまくった女のなれの果てだ。

「それより、あなたこそ最近、どうなのよ。派手に出歩いてるみたいだけど」

「みんなと仲良く遊んでるだけ。元気がいいのはいいことじゃない」

「勉強はしてるの？　進路くらい早めに考えときなさいよ」

「ていうか、あたしは今、進路より大事なこと考えてるの」

「なによ、それ」

「人生よ。これからの人生をよりよく生きる方法」

「そういえば最近、イヅモちゃん、遊びに来ないわね」

「ママ、人の話聞いてる？」

「イヅモちゃんのヅラ評、聞きたいわあ。芸能人のヅラを見抜くあの眼力、たいしたもんよねえ」

足の裏をぽりぽり掻きながら言う。反面教師としては申しぶんのないその姿に、あたしはなにかしら学んでおくべきかもしれない。

「ね、ママには人を選ぶ基準ってある？」

「基準って？」

「ええっと……だから、たとえば、どうしてパパと結婚したの？」

「うーん、それはねえ」

会社の立ちあげ当初に離婚したママの返答は、あたしに自分革命の必然性を再認識させるに足るものだった。

「なんか好きだったから、かな。えへ」

イヅモのヅラ評が恋しいのはあたしも同じだった。ぜんぜん笑えないバラエティ番組だって、イヅモがそばにいればそれなりのおもしろみを見つけることができた。イヅモは番組出演者のだれとだれが反目しあい、だれがだれに恩義を売っているのか、だれがだれの看板番組のレギュラーを狙って画策しているのか、人間模様をずばり言いあてる名人なのだ。もちろん当たってるのかどうかはわかんないけど、イヅモの指摘はいつも的を射てるし、笑える。お茶の間をにぎやかすだけのイヅモの無駄な才能が、あたしはなんか好きだった。

でも、あたしはイヅモより、自分革命を選んだ身だ。

あたしはイヅモに電話するのも、学校で声をかけるのもぐっとこらえて、イキがいい子たちとの遊びに専念した。

イキがいい子たちといると、たしかに毎日が明るいし、楽しい。ときどきいやなことがあっても、それは「イキがいい」のふろくとして客観的に割りきれるし、客観的でいるかぎりは感情の波にのまれてもみくしゃになることもない。成功だ。これでよかったんだ。万々歳だ。これからは順風満帆だ。うなぎのぼりだ。むかうところ敵なしだ。よっ社長日本一、だ。

と日々、自分に言ってきかせていただけに、ある日、学校ですれちがった真野信輔のひと言に、あたしはかなり動揺した。

「なんていうか、無理してるんじゃないのかなって」

体育の時間の前だった。瑞穂たちと一緒にどたばた階段を駆けおりていたあたしは、階下からのっそり現れた真野信輔に一瞬ひるみながらも、目をふせてそのまま通りすぎようとした。けど、完全に通りすぎるよりも先に、「なんていうか……」と、あの間のびした声がしたんだ。

ふりむいたあたしに、いつもの寝起きみたいな顔で「無理してるんじゃないのかなって」と真野信輔が言った。その言葉がなにを指しているのか察するのに、しばし時間がかかった。

「なにが」

うっすら察したとたん、怒りに顔が熱くなった。だれのせいであたしが自分を変えるはめになったと思ってんだ。

「だから、ええっと、その……」

真野信輔はテンポが悪い。おかげで瑞穂たちに置いてかれた。夏の終わり、たった五ヶ月で破局をむかえて以来、あたしたちはひさびさに二人きりでむかいあっていた。

「その、なによ」

「その、髪の色とか」

「明るくしちゃ悪い？」

「妙にはしゃいでるとことか」

「毎日をエンジョイしちゃ悪い？」

「イヅモと決闘したってほんと？」

「円満に絶交しただけ」

「あんなに仲良かったのに、急に嫌いになったの？」

「好きだよ。でも、好きってだけじゃ、人はうまく生きられないんだよ」

「言ってることがわからない」

それはあんたがにぶいからだと言ってやりたかった。まがりなりにも五ヶ月間は彼女だったあたしのことを、あんたはなんにもわかってないんだ、と。襟首をつかんで、がしがし揺すって、まわし蹴《げ》りのひとつも決めて悠然と立ち去りたかった。

けど実際、あたしがしたのは、脈絡もなしにこみあげてきた涙を隠して、「もう、いいよ」と背中をむけただけ。

「これからは話しかけないで」

「なんで」

「イキが悪くなるから」

それだけ言い残して、瑞穂たちを追いかけた。一階までひと息に駆けおりて、真野信輔の足音が追ってこないのを確認したとたん、なんでだか、ぽろぽろ泣けてきた。

なんなの、この涙。わけわかんない。

わかるのは、「なんか好き」のタチの悪さだけだ。凶暴なほどのねちっこさだけだ。ふられてやっと二ヶ月が経って、自分革命も着々と進行中なのに、それでもいまだに真野信輔はあたしの鼓動を乱すし、こんなにも心をぐしゃぐしゃにする。


頭にきたから、貫太とつきあっちゃおうかと思った。

例の話をして以来、貫太はどうやらあたしのことを「蝶《ちょう》よ花よと育てられた深窓の箱入り令嬢」とか思いこんでるらしい。んなわけないじゃん、と思いつつ、あたしは貫太の幻想の中にいるあたしが嫌いじゃなかった。本物のあたしより、なんか幸せそうだから。

「なあ倉本、いっそ俺とつきあわねえか。俺は、この世のオオカミどもからその胸を……じゃなくて、ママとの約束を守ってやりてえんだ」

貫太からもモーションをかけられた。

あたしは男としての彼をなんか好きじゃないけど、イキがいいか悪いかで言ったら、貫太は文句なしにイキがいい。カラオケの選曲も派手だし、学校の廊下をいつも走ってるし、バイト先のカフェでも「へい、らっしゃい！」って感じだし。ここで、なんか好きじゃないけどイキがいい貫太とつきあえば、あたしの自分革命にも一本筋が通るんじゃないの？

と、思ってはみたものの、現実は、そんなにうまいことといかなかった。うまいことといかないどころか、あたしと貫太の接近は、仲間うちにしょうもない騒動を巻きおこしたんだ。

仲間うち——各クラスから集まったイキのいい子たちの中には、アイドルなみにかわいいマユマユって女子もいる。あたしと仲良くなる前、どうやら貫太はこのマユマユに夢中だったらしい。マユマユはてんで相手にしてなかったものの、貫太のターゲットがあたしへ移ったとたん、急に惜しくなったみたいで、「つきあってもいいよ」と今さら貫太にもちかけた。貫太は断った。プライドを傷つけられたマユマユは大激怒、「もう二度と貫太の顔なんて見たくない。合コンもカラオケも、貫太のいる会には参加しない」とストライキを表明。仲間うちではそんなマユマユを「気の毒だ」とする声と「何様だ」とする声がぶつかりあった。マユマユ擁護派と貫太擁護派のまっぷたつに割れたってわけ。

「あたし、前からマユマユって苦手だったんだ。男子にやたらいちゃつくし、わがままだし」

「本名、正江《まさえ》なのにマユマユってあだ名も、かなりわがままっていうか?」

「だいたいあいつ、いつも舌ったらずな声だしてるけど、サクランボの枝を口ん中でむすべるんだよ」

「舌、短くないじゃんね。超むかつく」

ゆきがかり上、あたしは貫太擁護派についたわけだけど、圧倒的に女子率の高いそっちの派閥はもう一日中、マユマユの悪口大会。イキのいい子たちちって、悪口も盛大っていうか、なにかにつけて勢いをもてあましてるみたいだ。でも話の内容はかぎりなく薄いし、クオリティも低い。イヅモの鋭さの何分の一かでもわけてあげたくなる。

最初のうちは「ふんふん」とあいづちを打ってたあたしも、だんだんうんざりしてきて、ついに言ってしまった。

「でもさ、あんまり言いすぎると、マユマユがかわいいからってひがんでるみたいだよ」

するとグループの中でもとりわけイキのいい(その弊害として言葉もキツイ)聖子《せいこ》が、ぎんぎらした目であたしをにらんで言ったんだ。

「千春なんて、おっぱい大きいから男子が寄ってくるだけのくせに」

おっぱい関係ないじゃん、と心で突っこみながらも、あたしはそれ相応にショックを受けて絶句し、そんなあたしをかばうように貫太が「うっせえ、貧乳女」と聖子に毒づき、この暴言を許せるか否かでみんなは再び貫太擁護派と聖子擁護派に分かれたわけだけど、あたしはもはやそのどっちにもつく気になれなかった。

「なんか、へんなことになって、悪かったな」

バイト帰り、貫太とたこ焼きを食べたのは、聖子と衝突したその夜のことだ。あたしの半径五メートル以内にただよう湿った空気にあてられたのか、駅の手前で、「よし、今日は俺がなんでもおごっちゃる」と、貫太が急に言いだした。またエロおやじが言いそうなことを……と思いつつ、小腹の減ってたあたしはたこ焼きを所望した。

駅前の商店街で八個入りのを買って、ロータリーのベンチで四個ずつ分けた。十一月の夜は墨色にどっぷりと暮れて、半笑いみたいな月が嫌みな感じで夜空を照らしていた。

「俺のせいで、やな思いさせて、ごめんな」

いつも陽気な貫太も、さすがに今宵《こよい》はうかない顔だ。

「いいよ、貫太はかばってくれたんだし」

たぶん歯に青のりついてんだろうなあ、と思いつつ、あたしは貫太に笑いかけた。友達としてはいいけど男としてはなんか好きじゃない相手って、楽だ。ときめきはないけど、気苦労もない。うれしくないけど、悲しみも生まれない。

「それに、聖子の言ったこと、ほんとだし」

声を落としたあたしに、微妙な沈黙のあとで貫太が言った。

「ま、しょうがねえよな。倉本も好きで巨乳に生まれたわけじゃねえし、男だって、好きで巨乳好きに生まれたわけじゃねえし」

「今までつきあった男の子たちね、キスまでいくと必ず聞いてくるの。胸に触ってもいい、って。で、断ると急にそっけなくなって、うそついたり約束やぶったりするようになって、電話もかかってこなくなって、デートもすっぽかされて……気がつくと、うんと遠いところにいるんだよね」

「だよなあ。うん、わかるなあ」

貫太は料理評論家ばりに目を細めてこくこくとうなずき、それからはたとあたしの顔色をうかがった。

「いや、わかるけど、けしからん話ではある」

「無理しなくていいよ。あたしも、わからないでもないから」

そう、世の中には「胸が大きいか、小さいか」って価値基準もあるんだ。その基準にのっとってあたしを選んだ男の子たちが、いくら大きくても触れない胸なら価値なし、とがっかりするのはふつうに理解できる。多田和郎は顔中の筋肉をフル動員して失望を表現したし、市川徹なんて「でかくても触れない胸なら、小さくても触れるほうがいい」とまで言いきった。もちろんそのときはへこむけど、あたしは心のどこかでしょうがないなって観念もしてたんだ。胸タッチを許せば、つぎはエッチを迫られるに決まってる。彼らのことはなんか好きだったけど、なんか好きってだけで将来、男ひでりに悩まされるリスクを負うことはできない。

「真野も？」

突然、耳がちくっとした。

「え」

「真野も触らせてくれって言ってきたのか？　いや、なんかあいつはそういうタイプじゃなさそうだから」

今度は胸の奥がちくっとした。

「真野くんは……ちょっとちがった。キスしたら、なんにも聞かずにいきなり手をのばしてきたの」

「ぎょえ、あの野郎」

「でも、聞かれなかったのが、なんかよかったっていうか、なんか自然だったっていうか……。最初から触ろうって決めてたわけじゃなくって、つきあう前から決めてたわけでもなくって、ほんとにそのとき、心の底から、そうしたくなったんだな、って。そういう、アドリブ感がよかったっていうか、不器用っぽいところがかわいかったっていうか」

「で、胸触られて、そのままいくとこまでいっちまったわけか」

「まさか。ママとの約束は絶対だもん。でも、真野くんにはそのことちゃんと説明して、わかってもらおうとしたんだよ」

「わかってくれたか？」

「ううん。急に怒って、じゃあなって行っちゃって、それっきり」

「ケツの穴のちいせえスットコ野郎だぜ！」

貫太は行き交う人々がふりむくほどの怒号をとどろかせ、それからおもむろに声のボリュームをしぼった。

「けど、そのスットコ野郎のこと、倉本は忘れてないんだな」

「……」

フェンス越しのホームに電車が停まるたび、何十秒かすると、会社員やＯＬの波が駅から押しだされてくる。そのうちの何人かはバス停に並び、何人かはタクシーを拾い、何人かは歩いて遠ざかる。ベンチでたこ焼きを食べていくって選択肢はそこにない。いつもいつも無駄のない動きをする大人たちが、あたしにはときどきうらやましい。おもしろみはなさそうだけど、迷って立ちどまらずにすむ。

とか言っても、中には高校二年生にして、早くもおやじの域に達しちゃってるのもいるけど。

「ごめんね、貫太」

あたしがうなだれてた頭を起こしたとき、貫太は早くも気持ちの切りかえを完了、新たな一歩を踏みだしていた。目の前のバス停三番に並ぶ超巨乳のOLに、濃厚なエロおやじ視線を送っていたんだ。さすがだ。

「ま、いいよ。なんかそんな気がしてたから。真野がどっか近くにいると、倉本、急に奇声あげたりバカ笑いしたり歌ったり、やたら挙動不審だったしさ。まだ好きなんだろうなって思ってた。表現方法まちがってっけど」

「あたしのせいでみんなも分裂しちゃったのに、ごめん」

「そのことは気にすんな。てか、俺には秘策があっからさ」

「秘策?」

「もとはといえば俺がマユマユをふったのが原因だろ。それ撤回すりゃ、きっとみんなも元にもどるって。俺、明日《あした》からマユマユとつきあうことにすっから、安心しろ」

自信満々に言い放った貫太は「じゃあな」と威勢よく立ちあがり、バス停三番のバスへ颯爽《さっそう》と乗りこんでいった。超巨乳ＯＬととなりあわせの吊《つ》り革《かわ》を確保した会心の笑顔を乗せ、バスが暗闇のむこうへ去っていく。あたしは彼のスピーディーな心と体の動きに圧倒されつつ、紙皿を捨てに腰をあげた。

あれ、貫太っていつも電車じゃなかったっけ？

と思いだしたのは、人影もまばらになった駅の構内へ足を踏みいれてからだった。

貫太がいかなるルートで家路についたのかはともかく、その翌日、予告どおりに彼はマユマユへ交際を申しこみ、速攻で玉砕した。居合わせたサッチーの目撃談によると、ふられるのに二秒とかからなかったという。「やだ」とか「無理」とか「ぼけ」とか、せいぜいその程度だ。

にもかかわらず、どういうわけだか貫太の狙いだけは的中し、「貫太がそこまでやるなら」「マユマユもそれで気がすんだなら」みたいな空気が広がって、みんなはなんとなくもとの鞘《さや》へおさまったんだ。マユマユがいないと合コンで男子の集まりが悪いせいかもしれないし、あのまま分裂を続けてついには一人になっちゃうのをだれもが恐れたせいかもしれない。イキのいい子たちは「イキのいい者同士でいてこそなんぼ」ってことを知っている。

「ごめん、千春。昨日は言いすぎた。一発あたしを殴って、水に流してくんない？」

一夜にしてころっと反省したらしい聖子の潔い謝罪を受けいれて（巨乳パンチを一発くらわせてから）、あたしもまたみんなの輪へもどった。少なくとも表向きは。けど内心は、あれ、おかしいな、なんて少しとまどってた。決して後ろをふりかえらないみんなの切りかえの速さにほれぼれしながらも、そのスピードについていけない自分がいた。

いや、本当いうと、たぶん、最初から無理はあったんだ。イキのいい子たちといると、たしかに毎日が楽しいし、明るい。いつもげらげら笑ってられる。でも、そのぶん消耗する。みんなとはしゃげばはしゃぐだけ、一人になったときにどっと疲れが押しよせる。

「今日はみんなで和解祝いのカラオケ大パーティーしようぜ」

と、その放課後に誘われたときも、あたしは返事をためらった。早くも盛りあがってるみんなを一歩引いてながめながら、行こう行こうって一緒にのれない自分がもどかしくて、孤独だった。

さびしいな。イヅモと話したいな。けど、今さら合わせる顔がない。

「ごめん、今日は約束あるから、また今度」

引きつった笑顔を作っても、みんなはとくに気にとめるふうもなく、「じゃ、また今度！」「バーイ！」とわいわいにぎやかに立ち去っていった。

一人残されたあたしだけが、なんだか妙にしんとしてた。深い谷底に落っこちた気分で、ぽつんと廊下に立ちつくす。

前にもあった。こんな気分。十七歳の誕生日、すんなり絶交を承知したイヅモに置いてかれたときだ。

いや——もっと前にもあった。もっと深くて暗くて冷たい谷底に突きおとされたこと。

真野信輔にふられたときだ。

そろそろこのへんで、いったん、ふりだしへもどろうと思う。順調だったはずの自分革命が、じつはぜんぜん順調じゃなかったのは、もしかしたら最初の一歩からして踏みあやまっていたからじゃ……なんて、空恐ろしい疑惑がわいてきたからだ。最初の一歩——イヅモの指摘どおり、そもそものはじまりは、たしかに、真野信輔だった。

真野信輔とつきあいだしたのは、高二にあがる前の春休み。きっかけは、元クラスメイトの八人で遊びにいった東京ドームシティアトラクションズだ。真野信輔は八人中で一番無口で、もさっとしてて、影の薄い存在だったけど、そのぶん一緒にいて疲れない相手ではあった。

絶叫マシーンに乗ろうとみんなが言いだしたときも、絶対ありえないって断固拒否したあたしに、「じゃあ、ぼくも一緒に待ってるよ」と、彼だけがつきあってくれた。ジェントルマンじゃん、ってそのときは思ったけど、変人たちの絶叫がとどろくベンチに並んで腰かけるなり、彼は本音を打ちあけた。

「じつは、ぼくもああいう阿鼻《あび》叫喚系の乗りものって、得意じゃないんだよね」

「ふうん。そうなんだ」

「そもそも、こういう行楽地みたいなとこ自体、あんまり得意じゃなくて。人混みに疲れちゃうっていうか、酔っちゃうっていうか」

「あ、わかるわかる」

「どちらかっていうと今、あっちのラクーアでひとっ風呂《ぷろ》あびたい気分なんだけど」

「ひとっ風呂。いいかも」

てな具合に、あたしたちは絶叫マシーンで「うげ」とか「ぎゃん」とか叫んでる六人から自主的にはぐれ、同じ敷地内にあるラクーアってスパに入った。スパって、つまりは風呂だ。十八歳未満は保護者の同伴が必要らしいけど、「よく三十代にまちがえられるんだよね」と言うだけあって、真野信輔は余裕で受付をスルーした。

各自べつべつに男スパと女スパに入って、ゆったり体を温めて、着心地がいい館内着をひっかけてスパ内の居酒屋で落ちあい、枝豆をつまみながらウーロンハイをちびちびやった。最高にのどかなひとときで、絶叫マシーンで「ぐわ」とか「あわわ」とか言ってるみんなが愚かなケダモノに思えた。

「ここって、マッサージルームもあるんだよ」

「いいなあ。お金がもっとあったらねえ」

「早く大人になりたいよね、老け顔ってだけじゃなくって」

たいした話はしてなかったのに、なんとなくあたしたちは長年つれそった夫婦みたいな雰囲気になって、「今度はもっと近場の銭湯に行こうよ」「うん、洗面器持って」みたいなノリで、気がつくと交際がスタートしていたのだった。

出だしがそれだから、真野信輔とのデートはいつものどかだった。真野信輔が「お茶を飲もうよ」と言ったとき、それはカフェのコーヒーではなく、実際に緑色のお茶を指す。駅前商店街の甘味屋でずずっ、ずずっ、と緑茶をすすりながら、ときどきほほえみあったり、目と目で会話をしたり。真野信輔といると、時計の針につけもの石でもくくりつけたみたいに、ちんたら時間が流れていく。

ある日、あたしがクラスの愚痴（イヅモがいなくてつまらない／一年のクラスのほうがよかった／グループの子たちといまいち話が弾まない／等）をこぼしてたら、黙って聞いていた彼が最後にひと言だけつぶやいた。

「もうちょっと待ってみれば」

「なにを」

「みんなのこと好きになるのを」

しんとした瞳《ひとみ》に見つめられて、一瞬、まばたきのしかたをど忘れした。

「人って、そんなにすぐにはわかんないもんだから、少しずつ、時間をかけてわかって、好きになっていけばいいいんじゃない」

悠長なことを言って笑う。長生きしそうなその笑顔が、なんだかいきなり、特別に見えた。この男の子を大事にしようって思った。

べつに多田和郎や市川徹が大事じゃなかったってわけじゃない。彼らも無口な和み系で、一緒にいると落ちつけたし、なんか好きだったし。けど、今から思えば、あの二人にはあたしを大事にする気なんてさらさらなかったんだな。だから最初のデートでキスしてきたり、すきあらば人気のない暗がりに連れこもうとしたりして、あたしがいやがると逆ギレした。彼らにしてみれば、あたしは大事な「お胸さまさま」を預かる下女みたいなもんで、これその女まろにその胸を献上してたもれ、ってなもんだったんだろう。よくわかんないけど。

真野信輔はちがった。ちがうんだって信じはじめてから、あたしは自分の未来まで信じられるようになった。こんなあたしでもふつうに男の子とつきあって、ふつうに幸せになれるかも、って。

だからこそよけいに、絶望した。夏休みのあの夜、花火大会の帰りに真野信輔が初めてのキスをして、勢いあまって胸にまで触れてきて、気分的に快か不快かっていったら快だったんだけど、そこをぐっとこらえてママとの約束を打ちあけたあたしに、彼が怒って背中をむけてしまったことに。

真野信輔ならわかってくれると思ってたんだ。胸を預かる下女じゃなく、あたしをあたしとして見てくれた彼なら、ママとの約束を尊重してくれると信じてた。信じてたぶんだけ悲しかった。あたしを置きざりにした背中が悲しかった。悲しくて、悲しくて、体の細胞が火薬みたいに弾《はじ》けて燃えて砕け散りそうだった。

今ならわかる。あたしは真野信輔を「なんか好き」だったわけじゃない。地味で、不器用で、影が薄くて、八人で居酒屋に入って取り皿が七つしかないと必ず「あれ、真野くんのぶんないじゃん」ってことになる真野信輔のことが、あたしは、すごく、好きだったんだ。

逆に——今となっちゃわからないのは、あたしが選んだ価値基準だ。失恋から立ちなおるため、自分革命に乗りだしたまではいい。けど、どうして「イキがいいか、悪いか」なんて基準を選んだんだっけ？

我ながら意味不明。考えれば考えるほど、頭がこんがらがってくる。イヅモならこんなとき、いとも簡単に物事の本質を突いて、ざっくざっくとマグロでもさばくみたいに分析してくれるんだけど。

と思いつつ、その夜、まっすぐ家に帰りたくなかったあたしが呼びだした相手は、イヅモではなかった。

「ママは元気か」

高校の校門を出てから一時間後、あたしがいつものおでん屋へ到着すると、パパはすでにカウンターで熱燗《あつかん》をちびちびやっていた。「早く千春に会いたくて、会社からタクシーを飛ばしてきたんだぞ」と、いばる。そのくせパパはあたしと会うたびに、開口一番、必ずママのことを聞く。

「あたし、とりあえずコーラください。あと、はんぺんと昆布とちくわぶとじゃがいも」

板さんにいつもと同じような注文をしてから、あたしはパパに言った。

「ママは元気だよ。仕事はあいかわらずいそがしそうだけど、そういう自分が好きなんだよね。最近は週末にジムとか通ってんの、もっと体力つけるとか言って」

「へえ。続いてるのか？」

「もうひと月くらいかな。汗を流すとね、体の毒素が抜けてく気がするんだって。抜いてほしいよねえ、干からびるまで」

「はは、そうそうのことじゃママは干からびないだろう。で、千春はどうだ。元気でやってるか」

自分から聞いておきながら、パパは答えを待たずに苦笑した。

「いや、千春が元気なときにぼくを呼びだしたためしはないか」

十年前にママと別れたパパに、あたしは今でも年に数回は会っている。呼びだすのはいつもあたしだ。離れて暮らしはじめる前、パパが約束したんだ。これからさびしい思いをさせるぶん、千春がパパと会いたいときには必ず会いにいくよ、って。

谷底からのSOSは、少なくともパパには届くってこと。

「ほんと、いつもうかない顔ばっか見せて悪いけど、楽しくやってるときって、ぜんぜん、パパのこと思いださないんだよね」

「いや、いいよ。それはそれで健全だ。それに、ちょうどぼくからも連絡しようと思ってたところだし」

「連絡？」

「まあ、話しておいたほうがいいかな、と」

思わせぶりに言いつつも、パパは熱燗を追加したりがんもを突《つつ》いたりするばかりで、なかなか話をはじめない。これは女がらみだな、と直感したら、当たってた。

「食べながら聞いてほしいんだけど」

あたしの前にコーラとおでんが運ばれてから、パパはやっと切りだした。

「パパ、三年前から一緒に暮らしてる女の人がいるって、前に話したことあるよな」

「うん」

「いずれは入籍も考えてるって言ったよな」

「うん」

「そろそろかなって思ってる」

まずははんぺん、と白い湯気を立てる一片を口へふくんだあたしは、必要以上に力を入れてそれを嚙《か》みしめた。上の奥歯と下の奥歯がかつんと音を立てる。

パパの告白にとくべつ驚いたわけじゃない。ショックでもない。なのに、へんに力んでた。

「再婚かー。おめでとう。今度こそ、幸せにね」

「今度こそ、はよけいだな。ママとも幸せだったよ。よかったころは、だけど」

「じゃあ、再び幸せにね」

言ったそばから、言われなくてもパパは幸せになるんだろうな、と思う。パパはごくふつうのサラリーマンで、色男でも金持ちでもインテリでもないし、イキがいいか悪いかでいったらきっぱり悪いけど、なんとなくうまいことこの世界に腰がすわってるっていうか、あたしやママにはない安定感がある。偉大な人物には百パーセントならないけど、絶対、不幸にもならない感じ。それはパパの価値基準がしっかりしてるせいなのかな。

「ね、パパはいつもどこで女の人を選ぶの？」

「どこって？」

「だから、美人とか、頭がいいとか、気だてがいいとか、そういう基準のこと」

「さあ、考えたことないなあ」

「じゃあ、今、考えて」

「うーん」とパパが腕を組み、いかにも考えるふうをして見せる。「やっぱり、わからないよ。一緒にいて、居心地がよかったら、それでいいんじゃないか」

「よくないよ。居心地がいいっていうのは、パパの個人的感情でしょ。そういうんじゃなくって、もっと客観的な価値基準を聞いてるの。白か黒か、みたいな」

「じゃあ聞くけど、千春は客観的な価値基準に基づいて人を選ぶわけか」

「うん。最近はそうしてる」

「なんでまた」

「好きとか嫌いとか、感情だけで生きてたら、幸せになれないから」

うーん、とパパが頭を抱えこむ。どうせ「女子高生の頭の中はわからん」とか思ってんだろうなあ、とたかをくくってたあたしは、やがて顔をあげたパパの一言にどっきりした。

「つまり、千春は自分が傷つきたくないんだな」

そんなんじゃない、と出かかった声をのみこんだ。そんなんじゃなくもないかも、と心の奥でつぶやく声がしたから。いつも見ないふりをしてる弱い自分の本音。昔からパパは精密マイク並みにこの声を拾うのが得意で、だからあたしもパパの前では強いふりをしなくていい。

でも、そのあとがいつも悪い。

「いやしかしな、幸せを認識するのは人間の個人的感情なわけだから、感情を無視して生きたら、幸せにはなれんだろう」

「え、なにそれ、どういう意味？」

「つまり、好き嫌いに流されるのが個人的感情なら、幸せを実感するのも個人的感情なわけであり、その感情とかけはなれたところでつきあう相手を選ぶってことは、幸せを感じるツールを放棄するってことで、そのツールを放棄した上で幸せを求めるっていうのはそもそも矛盾していて……」

あああ、理屈っぽ。「パパは理屈で地球が動いてると考えてる人だから」とママは言うけど、まさにそのとおり。ガッツとスピードで生きてるママとこのパパが長続きするわけがない。

「すみません、だいこんとこんにゃく！」

あたしはまどろっこしいパパの説明にかぶせて声をはりあげた。

「ちなみに千春はもっと蛋白質《たんぱくしつ》をとったほうがいいけど、まあそれはさておき、価値基準の意義をさらに掘りさげていくとだな……」

結局、最後までなに言ってんだかわからないまま、もう食べられないってほどお腹がふくれたので、店を出た。お酒に強いパパはまた会社へもどってひと仕事するらしい。ついでに家まで送ってくれるというので、一緒にタクシーへ乗りこんだ。

「……てわけだから、やっぱり人間は客観的な価値基準に基づいて生きるだけじゃ幸せになりえない、ってのがぼくの結論かな」

タクシーの中でもパパはくどくどと語りつづけ、ようやく結論に行きついてから、はじめてあたしの不機嫌に気がついた。

「千春、どうした」

「べつに」

「怒ってるのか」

「なんで」

「パパの再婚のこと、怒ってるのか」

あたしは驚いてパパをふりむいた。

「怒ってないよ、ぜんぜん」

力をこめて返した。さっきのはんぺんと一緒だ。大事なことを受けとめたり、伝えたりするのって、力仕事なんだ。

「怒ってるとか、本気で思ってるなら、怒るよ、あたし」

「まぎらわしいな」

小首をかしげながらも、パパは安心したらしい。

「じゃあ、再婚しても今までどおりでいてくれるか。なにかあったときには、また呼びだしてくれるか」

「うん。パパが……」

パパが「ママは元気か」って聞いてくれるうちはね、と言いかけて、やめた。あたしはパパから開口一番にこの質問をされるのが嫌いじゃない。結婚に失敗しても、仕事の鬼でも、男ひでりでも、パパがそうして気にかけてくれてるうちは、ママは不幸な女じゃないって思えるから。

「パパがおでんをおごってくれるうちはね」

ほんとはお酒もイケる口なのを隠して、娘っぽくほほえむ。

「あそこでパパと会うと落ちつくの。同い年の友達は、けっこう、バタバタ、めまぐるしいから」

「はは。ぼくから見れば千春だって十分にめまぐるしいし、そのめまぐるしさがまぶしくもあるよ」

「またおやじみたいなことを……あ、いいのか、ほんとにおやじだから」

笑いながら窓の外へ目をむけた。まだ八時にもなってないのに、町はもう色濃い闇の中。青葉の夏にくらべるとダイエット後みたいな街路樹の影が、冬だなあ、としみじみ思わせる。やがてタクシーが表通りへ近づくと、気の早いクリスマスの装飾がショップの店頭にちらついて、クリスマスだなあ、とまたもしみじみ思わせる。あたしの季節は夏のまま、真野信輔にふられたあの日から一歩も先へ進んでいないのに。ついていかなきゃ、と、ふいに思った。急がなくてもいいから、自分のペースでいいから、歩きだささなきゃ、と。

「パパ、つぎの信号の手前であたし、降ろして。ちょっと寄り道してくから」

おでんで燃料チャージをしたせいかもしれない。あたしはちょっぴりパワーをつけた気になって、その錯覚がしぼむ前に一歩、谷底から足を踏みだした。

「寄り道って、こんな時間にだいじょうぶか」

「いまどき小学生だって十時に塾から帰ってるよ」

パパの心配顔をよそにタクシーを降り、五十メートルほど手前の和菓子屋へと表通りを引きかえす。自家栽培のあずきが売りの〈元祖鶴亀堂《つるかめどう》〉は閉店間際で、たすきを背中でななめ十字に打ちちがえた店員さんが、表のシャッターを下ろしかけていた。すべりこみセーフ。

「長寿まんじゅうの十二個入り、ください」

あたしはイヅモの大好物の名を店員さんに告げた。


「なるほど、ねえ。人にふりまわされて泣かないための自分革命、ねえ。そのためにわたしと絶交してまで、ねえ。いやはや、あんたが考えそうなことというか、あんたしか考えそうにないことというか……」

長寿まんじゅうを手土産にうやうやしくイヅモ宅を訪問してから半時間、これまでの非礼をへこへこへこと詫《わ》びて、自分革命を思いたった原因、その経緯から失敗に至るまでを全告白、やっぱり自分にはイヅモが必要なのだと完全敗北宣言をしたあたしに、イヅモはすこぶるクールなまなざしをむけた。ひゅるるるる、と効果音が聞こえてきそうな冷ややかさ。これは嵐の前触れだ。

「で、今さらのこのこもどってきて、わたしにどうしろっての」

「どうって、その……だから、絶交とりけして、前みたく仲良く……」

「それだけじゃないでしょ。千春はいつも勝手に暴走して、コケてからわたしに泣きついてくるんだよね、なんでこんなことになったのか教えて、って」

「うっ」

言い当てられて絶句した。

「たしかに……ぶっちゃけあたし、自分革命のどこがダメだったのかいまいちわかってなくて。このへんでひとつ、イヅモの冷静な分析が聞きたいっていうか、鋭い指摘がほしいっていうか」

イヅモはふんと小鼻を鳴らしながらも、のってきた。嫌いじゃないのだ。

「今さら相談なんて笑止千万、へそで茶をわかすってなもんだけど、いいわ。そんなに指摘してほしいなら、してあげましょうとも」

きらり。研ぎすまされた刃《やいば》が虚空《こくう》へふりかざされる。

「そもそもあんた、自分がなんで自分革命なんてはじめたか、わかってんの？」

「だから、それは人にふりまわされて泣かないためで、あや香や新島みたいになるためで……」

「ちがうね。それはあんたが自分に言いきかせてきた建前で、本音はあんたの父親が指摘したとおりだよ。千春は男どもの価値基準で選ばれたり捨てられたりすることに傷ついて、もうそんな憂き目にあいたくないもんだから、選ばれる側から選ぶ側へ、立場の逆転をはかったんだよ」

ばさっ。見えない刃の一撃に、早くも血《ち》飛沫《しぶき》が吹きあがる。

「う……そんなつもりはなかったけど、でも、そうなのかも」

「しかも、千春がこれまでつきあった男は、全員、イキの悪いタイプだったでしょ。で、三人ともうまくいかずにふられて終わった。だから、無意識に千春はイキの悪い相手とは幸せになれない、つぎこそイキのいいのを選ばなきゃって思いこんだわけだ」

ぐさっ。鋭利な切っ先が肉をえぐり、深みに隠れてた心を突く。痛い。でもちょっと心地いい。イタ気持ちいい。

「言われてみるとたしかに……あたし、ほんとはイキの悪いタイプが好きなのかも。多田っちも徹も真野くんも、三人とも地味だし、ぬぼっとしてるし、どっか暗いし」

「暗いってほどでもないけど、まあ、薄暗いよね」

「薄暗い！　イヅモ、やっぱりいいこと言うー」

「千春はわいわいしたのより、そういう薄暗いのと一緒にいるほうがいいんでしょ。そもそも離れて暮らす父親と会うのに、毎回、おでん屋を所望するくらいだし」

「だって、そのほうが落ちつくんだもん」

「つまり、千春の価値基準は落ちつくか、落ちつかないか、なんだよ」

「いや待って。落ちつくか、落ちつかないかっていうのは個人的感情でしょ。価値基準っていうのはもっと、こう、客観的なものでなきゃいけなくて……」

「たわけ者！」

「ひっ」

「価値ってのは、自分で決めてこそナンボでしょ。自分にとってなにが大事で、なにがくだらないのか、自分以外のだれが決めてくれんのよ」

どすを利かせてすごむなり、イヅモはその手を温めていた鉢をとんとはじいた。

「たとえばこの火鉢ひとつにしても、うちの家族からは時代錯誤だとか、火事が怖いとか、一酸化炭素中毒でいつか死ぬとか非難ごうごうだけど、あたしはこの慎ましやかなぬくもりが好きだし、これぞ日本人の正しい暖の取りかただって自負もあるから、なに言われたって使いつづけるよ。たとえ他人の目にそれが変人として映っても、そんなものは屁《へ》のカッパだ。客観的に生きるってのは、自分を捨てて生きるってことだよ。本当の感情を無視して設けた価値基準に、どんな価値があるっての？」

「ぎえええ」

とどめの一打をくらってその場へ打ち臥《ふ》した。火鉢のにぶい明かりを映す畳の上へぱったり、と。容赦なく斬られた急所をずきずき疼《うず》かせながらも、反面、わかりやすいその痛みにほっとしている自分がいた。ほんとはたぶんわかってた。自分自身で感じたり、考えたりすることを放棄して、客観的価値基準にもたれかかって生きることのかっこわるさを。

「イヅモ……じゃあ、あたし、どうすればいいのかな。一緒にいて落ちつくタイプにはすぐふられるし、落ちつかないタイプは好きにならないし」

「まずは面をおあげなさい」

言うだけ言ってすっきりしたのか、イヅモの声に情けが宿った。よろりと面をもちあげると、火鉢の暖に頰を上気させ、満足げに長寿まんじゅうをほおばるおおらかな笑顔がある。イヅモがにぎると昆布茶の湯飲みも印籠《いんろう》のようだ。

「ご隠居さま……」

「わたしから言わせてもらえば、千春はあきらめがよすぎるんだよ。ふられた、ふられたって大騒ぎしてるけど、その原因をきちんと相手にたしかめたことがある？」

「そんな勇気ないよ」

「自分革命に一番必要なのって、その勇気なんじゃないの？　歴代の革命家たちはみんな、命を投げだす覚悟をもって世直しに臨んできたんだよ。千春もうじうじ悩んだり奇行に走ったりするだけじゃなくて、一度くらいはまともにぶつかってみなよ」

「と言いますと？」

「もう一度、原点にもどって自分革命をやりなおすの。つまり、十七歳の誕生日にもどって」

「むりむり、もどれないよ」

「もどれるよ」

「もどりたくもないよ。あのころのあたし、失恋したてで、どん底だったし」

「でも、もどらなきゃいけないんだって。お願い、もどって」

「なんでよ」

「時よ、もどれ！」

気がつくと、イヅモの顔が黄門さまから腹にいちもつある代官に変わってた。

「イヅモ？」

いぶかるあたしに背をむけて、イヅモは「もどれもどれもどれ」と唱えながら、窓辺の鏡台へとほふく前進。一番下の引きだしから赤と黄色のリボンがかかった二つの包みを取りだして、再びあたしのもとへにじりよってきた。

「なにこれ」

さしだされたのは黄色いリボンのほうだ。

「千春の、十七歳の誕生日プレゼント。絶交宣言がなかったら、ほんとはあの日に渡そうと思ってたんだよ」

「イヅモ……」

あたしは複雑な思いで包みを広げ、中からあらわれた箱のふたを開いた。

入っていたのは、細かなひびのういた陶器のカフェオーレボウル。

「イヅモ、ごめん！」

ひとめ見るなり、たまらなくなって、ふかぶかと低頭した。十七歳の誕生日、自分のことしか考えてなかったあたしのことを考えてくれていたイヅモ。そんな親友の気も知らず、勝手に絶交を申し渡したり、和解を申し入れたりと、自己チューのかぎりをつくしてきた自分が恥ずかしい。

でも、しかし、ところが。

「こっちこそ、ごめん！」

イヅモは突如、ちゃんちゃんこをひっかけた上半身を倒して、あたしに低頭がえしをしてきたんだ。

「え。どしたの、イヅモ」

「頼む、千春。後生だから十七歳の誕生日にもどって、あそこからまたやりなおして」

額を畳にこすりつけたまま、イヅモはぴくりとも動かない。いや、よく見ると赤いリボンの包みを握った左手だけが、ずず、ずず、とこっちへにじりよってくる。さっきのよりも小さな、細長い包み。いぶかりながらも受けとり、リボンと包装をはがして、ハッとした。あらわれたのは前からあたしが目をつけていた携帯用マッサージ器〈ツボ押し名人〉だった。

あたしはとっさに「きゃあ」と叫んで頬ずりし、それからはたと息を止めた。

だって、あたしが〈ツボ押し名人〉をほしがってたって知ってるのは、この世界でたった一人きりのはずだから。

千春ちゃん
お誕生日おめでとう。

なんとなく、気まずいままだけど、おめでとう、と心から思ってます。

千春ちゃんはなんか怒ってるみたいだし、今は話しかけづらいけど、十年後や二十年後は、笑顔で一緒にいられるといいね。

とりあえず、十八歳の誕生日までには、仲直りしたいね。

真野信輔

高校の中庭で真野信輔と待ちあわせたのは、その翌日の昼休みのこと。

お弁当ものどを通らないまま、約束の十二時四十五分に中庭へ行くと、真野信輔はよりによって一番北向きのベンチで寒そうに両手をこすりあわせていた。日陰が、じつによく似合う。あたしに気づくと、薄暗くほほえんだ。

あたしはぎくしゃくと歩みより、どきどきしながら彼のとなりに座った。

なにから話せばいいのかわからない。

イヅモから仰天告白を聞いた昨日の夜、真野信輔の携帯に電話をするのには、ものすごく勇気がいった。何度も携帯を開いたり、閉じたりをくりかえして、やっぱりダメだー、と一度はあきらめかけたところで、ママが仕事から帰ってきた。「お腹ぺっこぺっこぺっぺこぺー」と歌いながらリビングへ入ってきたママは、テーブルにつくなり三種類のコンビニ弁当をつぎつぎに平らげて、「幸せー」と至福の笑みを広げた。テレビで豪邸自慢をしてるおばさんよりも、よっぽど嘘のない笑顔だった。ママはほかのなによりも、「あこぎな搾取はしない女性に優しい派遣会社の運営」に価値を見《み》出《いだ》して、それをつらぬいてる。横目でながめてるうちに、あたしの中にもまだ自分の知らない底力が眠ってる気がしてきて、思いきって真野信輔に電話をした。会って話がしたい、って。

「プレゼント、ありがとう」

あの底力を再び奮いおこして、あたしはとなりで目を伏せている真野信輔に言った。

「お礼、遅れてごめんね」

「いいよ」

「イヅモも、すごくごめん、って」

「いいって。絶交中に頼んだぼくが悪いんだし、ちゃんと自分で渡してればよかったんだし」

　そう、あの〈ツボ押し名人〉は、あたしの誕生日からだいぶ経ったころ、真野信輔がイヅモに託したものだったんだ。自分で渡そうと思いつつ尻込《しりご》みしているうちに、階段ですれちがったあたしから「これからは話しかけないで」と言われて、手渡しを断念。結果、最悪のタイミングでイヅモにことづけてしまったらしい。

　というのも、そのころ、イヅモは着々と自分革命を進行中のあたしを遠目に、じつはけっこう、機嫌を損ねていた。本人曰《いわ》く、「今さらわたしから声をかけるのもしゃくだし」「千春がそこまで真野信輔を引きずってるとは思わなかったし」「腐るもんでもなさそうだし」ってなもんで、真野信輔のプレゼントは長らくイヅモの手もとにすえおかれていたわけだ。

「じつはぼく、あのプレゼントをきっかけに、千春ちゃんとイヅモが仲直りすればいいな、とか、ちらっと考えたんだよね。その仲直りがきっかけで、ぼくと千春ちゃんも仲直りできればいいな、とか……。結局、いろいろ他力本願だったぼくのせいだから、千春ちゃんもイヅモのこと、怒らないでね」

「だいじょうぶ。しばらく根にはもっと思うけど、あたしもイヅモにはいろいろ後ろめたいとこあるし、いろいろ感謝もしてるし」

「うん。それならよかった」

プレゼントの件が落着すると、続く言葉がなくなった。もともと言葉数の少ない真野信輔は、会話と会話の「つなぎ」技術をもちあわせていない。

あたしのほうから気合いを入れて切りだした。

「あの、ずっと気になってたことがあるんだけど、ひとつ、聞いてもいいかな」

何度も深呼吸をして、自分に活を入れて、うんとがんばって、やっと言えた。

「花火大会のあの日、真野くんが怒って帰っちゃったのは、やっぱり、ママとの約束が気に入らなかったせい？」

「え」

「やっぱり、真野くんも、キスだけじゃだめなの？」

ぶあつい雲が太陽を覆い、日陰がさらに暗くなった。「んー」とうなって足もとをのぞきこんだ真野信輔は、その頭を起こすと同時に「やっぱり」とつぶやいた。

「やっぱり？」

「誤解されてる気はしてたけど、やっぱりだ」

「え」

「おばさんとの約束なんて、いいんだよ。逆に、急にあんなことして悪かったって反省してたくらいで……。ぼくはただ、千春ちゃんの言ったことがショックで、なんだかくやしかっただけ」

「あたしの言ったこと？」

「千春ちゃん、言ったよね。年を取ってから男ひでりでみじめな思いをしたくないから、今はエッチを我慢する、って。それって、ぼくのことを信用してないってことじゃない。ぼくは結婚を前提に千春ちゃんとつきあってたし、もちろん、白髪になっても腰がまがっても大事にするつもりだったのに」

「ええっ」

衝撃発言にのけぞった。誤解がとけた喜びよりも驚きのほうが大きい。

結婚。高校生のうちからそんな先のことまで考えてるなんて、なんというイキの悪さだろう。

「ときどき想像するんだよ、千春ちゃんと結婚して、２ＤＫの中古マンションに住んでるところを、さ。夏は暑い暑いって、おたがいにうちわでパタパタやりあって、冬はこたつでみかんを食べるんだ。こっちのほうが甘いとか言って、一粒ずつ交換したり、へたに葉っぱのついてるみかんを見つけて得した気分になったり。そういうのって幸せだなって思わない？」

「な、なんて……」

なんて薄暗い幸福観なんだ！

早くもじんわり幸せを噛《か》みしめている真野信輔の横で、声に出さずにあたしは絶叫する。イキが悪いにもほどがある。一方で、その薄暗さ、イキの悪さにまぎれもなく安らいでいるあたしもいた。春は野山で山菜を採って食費をうかし、秋は落ち葉でおいもを焼いて……と、薄暗い未来図をふくらませて悦に入っている自分が——。

本当の感情を無視して設けた価値基準に、どんな価値があるっての？

イヅモの言葉を思いだし、そうだ、とあたしは居直った。薄暗い未来図のどこが悪い！　だれになんと言われても、あたしは好きな男の子が語る幸せを自分の幸せみたいに思えるうれしさや、心に広がるこの甘い感じを一番に守っていこう。

「わかった。これからは信じる」

新たな決意を胸に、真野くんの細くて小さな目に誓った。

「真野くんだったら、将来、あたしの胸が垂れても、そばにいてくれるよね」

「うん、ともに胸の垂れるまで」

真野信輔がますます目を細め、その手であたしの手を握った。

キスだ。今ここでキスすれば、もうばっちり完璧《かんぺき》に仲直りで、一足飛びにフィアンセだ。来いっ、とばかりにあたしはまぶたを閉じて待つ。なのに、テンポの悪い真野信輔は、いつまでもほくほくと手をつないだまま。

そうこうしてるうちに頭の上からへんな雄叫《おたけ》びが聞こえてきて、見上げると、校舎の窓から貫太や瑞穂、マユマユたちが身を乗りだしていた。

「ヒューヒュー、熱いぞそこの二人！」

「倉本、真野を押し倒せ！」

おたがいの熱で生ぬるくなってきた手と手をつないだまま、あたしは革命の勝利宣言みたいに、もう片方の手を彼らへむけて高々と突きあげた。

本物の恋

かんかん照りの路上で彼を見たのは、病院帰りの昼下がりだった。まばゆい太陽の光彩は先月となんら変わりがないのに、風や湿気、目に見えないところから着実に秋は忍び入り、夏の盛りはがらんとしていたカフェのテラスにも人気《ひとけ》がもどっていた。その一角に彼もいた。

驚いたのは彼がいたことではなく、彼が彼であるのをたった一目で私が見抜いたことだ。

何年ぶり？　今の自分から当時の年齢を引き算する。八年。信じがたい数字が現れた。首のすわらない赤ん坊でも八年経てば悪態をつくようになる。質のいい革製品ならばほどよい艶《つや》を帯びてくる。フライパンの樹脂加工もはげて玉子焼きが焦げつきだす。そして彼はどうなり、私はどうなったのか？

路上にのびる彼の影へと思わず足をさしのべた。

「あの、すみません」

もしも彼が忘れていたならば、人ちがいのふりをしてやりすごせばいい。八年前のたった一日、ほんの一時をともにしただけの間柄だ。憶《おぼ》えているほうがどうかしている。そもそもあれは彼からすれば一刻も早く決別したい類《たぐい》の記憶かもしれないのだし。

しかし、ふりむいた彼の目に浮かんだのは戸惑いではなく驚きの色だった。

「まさか」

その一語で、私が私であるのを一目で見抜いた自分に彼が驚いているのがわかった。

「やっぱり」

「あのときの」

「びっくり」

「ほんとに」

「あんまり変わってないかも」

「君は大人っぽくなったね」

きれぎれの会話がとぎれたところで、まあ座りなよと彼が隣席の椅子を引き、私はそこへ腰掛けた。金色の陽射しは巧妙な角度で頭上のパラソルを突破し、彼と私の部分部分をまだらに光らせていた。

「その節は、どうも」

「いえ、こちらこそ」

私たちは改めて向かいあい、目が合うと同時にはにかんだ。

「まさかまた会うなんてね」

「憶えていてくれたんですね」

「そりゃあ、もちろん。忘れたくても忘れられない。君は僕の人生最大の目撃者だからね」

「目撃者？」

「人生最大にみっともない自分を見られてしまった」

私は罪深い目を伏せた。

「すみません。でも、あれは不可抗力です」

「うん、たしかにまあ、僕が勝手にさらしただけだよな。妙なことに巻きこんじゃって悪かったよ。できれば忘れてほしかったけど、これだけ経っても憶えてるんだから、もう無理かな」

「無理です」

「え」

冗談めかして言う彼に、私はひどく切羽詰まった声を返していたと思う。突如、狂おしいほど鮮やかにあの夜がよみがえり、その闇に巻かれた八年前の私が叫んだのだ。

ちがう。あなたはわかっていない。あなたに人生最大の衝撃を与えたあの夜が、私に対して与えた衝撃を甘く見ている。あの夜が私にとって今もどれほど特別か——。

「絶対、忘れたくない」

うわずる声を抑えて言った。

「ちっともみっともなくなんてなかった」

八年経った今でさえ、ふりかえると心がきしむように疼《うず》く。

「私はあれ以来、誰かのことを強く思うたび、あなたのことを思いだします」

彼の瞳《ひとみ》から急ごしらえの笑みが去り、その奥にひそんでいた影がむきだしになった。

体型や服の趣がどれだけ変わっても、その瞳はまさしくあの日のままだった。

誰かを強く愛している人の瞳そのものだった。

八年前のあの日――私は弱冠十七歳にして愛することも愛されることも放棄し、かわら祭りの夜を一人そぞろ歩いていた。いや、放棄するよりも以前に、はなから愛など知ったことではなかったのだ。
恋愛ごっこだったのだと、今は思う。友達に彼氏ができた。クリスマスが近づいた。カップル同士での旅行の話が持ちあがった。恋をしたくなるのは決まってなにかしらの必要に迫られたときで、焦りが高じて男を見る目をみずから進んで曇らせたり、やりたいだけの男に引っかかったり、当時は本当にろくなことがなかった。全然好きではない相手とつきあって、最後まで少しも好きになれずに終わったこともある。努力次第では好きになれそうな相手とつきあって、ようやく努力が実を結びかけたところで相手からふられたことも。

恋愛に関する情報はあまねくこの世にあふれているのに、自分がそれをちっともうまく模倣できないことにいらだち、傷ついていた――それが十七歳の私だ。十代の恋愛などうまくいくほうが稀《まれ》であるなどとは露知らず、十代だからこそ全力で恋愛にうつつを抜かさなければならないと勇んで空転し、くたびれはてていた。

かわら祭りのあの夏はとりわけ疲労のピーク時だった。その前月にかつてないほど痛い経験をした結果、私は愛だの恋だのに憎しみすら覚えていた。それでいて、「一緒に祭りへ行こう」という中西《なかにし》の誘いを断らなかったのは、恋愛への憎悪よりも孤独になることへの恐怖が勝っていたせいだろう。

さびしい奴だと思われたくなかった。

そのためだけに私はいつも誰かを求めていた。

「あのさ、俺ひとつ提案あんだけど、かわら祭りにはおたがい、ケータイ持ってかねーことにしね？　なんかケータイって風情ねーてか、日本の伝統的な祭りと合わねー気がするわけよ。それにケータイねーほうがなんかスリルじゃん、はぐれたらもう会えねーみたいな、たまにはそういうスリルもいいんじゃん」

中西から意味のわからない提案をされたときも、私はあえて真意を探ろうとはしなかった。自分には理解不能の相手だととうに見切っていたし、どのみちかわら祭りが終わったら別れるつもりでいたのだ。高校の友達が大挙してくりだす恒例のイベントに男っ気ナシでおもむくわけにはいかない。中西との関係を絶たずにいた理由はそれだけだった。

女友達から中西の策謀を密通されたときも、そんなわけでさしたるショックはなかった。

「やばいよチズ、中西のやつ、かわら祭りを二部構成にして楽しもうとしてやがる」

「二部構成？」

「そう、一部がチズで、二部はB組の高島愛子《たかしまあいこ》。かわら祭りを前後編に分けて、一晩で二人とおいしい思いをしようってわけさ。あんた、ケータイ持ってくんなって言われたっしょ？　あれ、わざとチズからはぐれて高島と落ちあうためだから」

祭りの夜を二部構成にして女を入れ替える。たいした男でもないのに浮気癖だけはいっちょまえの中西が企てそうなことだった。今さらそんなことで腹を立てる私ではなかったものの、一部の終了とともにあの華やいだ祭りの只中《ただなか》に一人きり残されるのかと思うとゾッとした。心ならずも中西を追ってしまいそうな自分が怖い。そこで、私は当時メルトモの一人だったキンゾーに連絡し、急遽《きゅうきょ》、かわら祭りの二部をともにする約束を取りつけたのだった。相手が二部構成に打って出るなら、こっちもそれに倣うまでだ。

実際、かわら祭り当日の一部は段取りどおりに進行した。

夏の猛威も鎮まりつつあった八月の末、私と中西は午後六時に天元橋《てんげんばし》で待ちあわせ、祭りのスタート地点であるそこから川沿いに粘ついた人いきれをぬって歩き、ところどころで催されている盆踊りやミニ花火大会の前を見るでもなしに通りすぎ、時折すれちがう友達と他愛のない話で暇をつぶしあい、なにを買おうかとひとしきり揉《も》めた末にやきそばとアメリカンドッグで空腹を満たすと、なんだかもうすべきことはすべて終えてしまった気がした。

一部終了。中西もそう判断したのか、ふくれたお腹を抱えて再び河原をぶらつきだした頃にはめっきり口数が減っていた。早くも心は二部へと駆けているのだろう。そう思うとこちらも落ちつかず、彼が首をねじったり、視線を泳がせたりするたびに、今か、今かと身構えてしまう。今だ、と中西が身をひるがえした暁には気づかぬふりをして上手にはぐれてやらねばならない、と気を張っていたのだ。

が、そんな気遣いは不要であった。

「あれ、あそこにいるのA組の太田《おおた》じゃね？」

無料サービスの味噌《みそ》田楽を囲む人垣を前に、ふいに中西が人さし指をさしのべて言った。

「え、どこ？」

私はその指が示すところへ目をこらし、ややして「どこ？」とくりかえしながら首をもとにもどした。と、すでにそこに中西の姿はなかった。彼がいたはずの空間さえも人の波に押しつぶされている。

やり口は小学生なみだけど、一応、作戦成功ってわけだ。グッドジョブ。

私はほっと息をつき、ひとまず人気のないところへと河原をさらに進んだ。行き交う全員が味噌田楽を手にしていたエリアを過ぎると、にわかに呼吸が楽になり、体感温度も沈下する。予定ではここで隠し持ってきた携帯電話を取りだし、どこかで待機中のキンゾーを呼びだす——はずだったのだが、ここでふとした計算ちがいが起こった。

いつはぐれるのか。いつ傍らから消えうせるのか。終始横目でうかがっていた中西が実際に姿をくらませたとたん、なんだか私は妙に清々とした気分になって、そのまままどこまでも一人で歩き続けたくなってしまったのだった。踏みだす足はさっきよりも軽く、心なしか胸も浮きたっている。磨《す》りガラス越しのようにぼんやりと見えていた祭りの情景がにわかに輪郭を鮮明にし、人々の喧噪《けんそう》も、露店の匂いも、祭り太鼓の響きも、目にするもの耳にするもののすべてが生々しい光沢をまとって私を直撃した。

ただ中西がいないというだけで、こんなにも世界は活性化するものか。

私はその発見に目を見張った。かけねなしにびっくりした。

中西がほかの女のもとへ去り、人混みの中に一人置き去られたら、どんなにかみじめだろうと思っていた。が、いざそうなってみると一人であることは少しも私をへこませず、むしろうきうきさせていた。もう中西の歩調に合わせずにすむし、どの露店でなにを買うのも自由だ。道行く人から孤独な女と思われるのでは……との気がかりも、こうなるとただの自意識にすぎなかったのがわかる。あまりに膨大な人間がうごめく場では一人の孤独などものの数にもかぞえられずに見過ごされていく。

歩幅を広げ、スピードを上げた。ふと気がつくと私はかつて一度も到達したことのない祭りの果てにいた。国道によって河原が遮断され、綿々と連なる祭り提灯《ぢようちん》の薄明かりもそこで途切れている。

私はその終点でしばし迷った。ここでUターンをし、来た道をもどりながらキンゾーに電話を入れようか。それとも、新天橋《しんてんばし》と書かれた橋を渡って対岸の祭りをひやかして歩こうか。幅四、五メートルの川を隔てた対岸もこちら側と同様のにぎわいで沸いている。

渡ろう。心の高揚をバネにし、勢いこんで踏みだした。

その足を、橋の半ばでなにかが押しとどめた。

ペンキを塗りかえて間もないのか、異様にてらてらとした橋の赤い欄干に、一組のカップルが背中をもたせていた。四十前後と思われる中年男に対して、女のほうはまだ若い。提灯の薄桃色を帯びた頬にも透明感と艶《つや》がある。年の差を除けばごく普通のカップルだ。にもかかわらず私がそこから動けなくなったのは、女のふんわりとしたワンピースの腹部を一層豊かにふくらませていた丸みのせいかもしれない。

妊娠八ヶ月目ってところか。誰の目にも命の宿りがありありとうかがえるお腹を、二人は守るように、抱くようにたたずんでいた。川面《かわも》に揺れる月影を眼下に小声で言葉を交わし、時折、男が手にしたラムネの瓶を彼女の頬に押し当てる。冷たいだろ、というふうに。それからおもむろに手の位置を下げ、その瓶をふくらんだお腹にも当てる。冷たいでちょ、というふうに。

ベタなカップルだ。ちんけな幸せだ。心で毒づきながらも私はそのベタでちんけな幸福現場から立ち去ることができず、いつまでもしげしげと見入っていた。

だからこそ気がついた。私以外にもう一人、彼らに食い入るような視線を注いでいる男の存在に。その必死な、痛々しいほどに悩ましげなまなざしに。

やがて男も私に気がついた。祭りの果てとあって人影もまばらな橋の上で、男と私は問い合うように瞳《ひとみ》を交わらせた。が、ラムネを空にしたカップルが欄干を離れて歩きだしたとたん、男は瞬時に背中を向けて彼らから顔を隠した。

幸福な二人は彼の存在など気にも留めず、手と手を取り合って対岸へと進んでいく。

その睦《むつ》まじげな後ろ姿をにらむように見据えていた男が、突如、私へ接近した。熱っぽい手でむんずと左の手首をつかまれ、え、と小さな声をあげたときには、私はすでに彼に引かれて歩きだしていた。

「行こう」

「はい？」

「一緒に行こう」

「どこに」

「二人の行くところ」

「なんで私が」

「だって、見てたから」

「見てただけです」

「知りあいかと」

「いいえ」

「そっか……でもこの際、協力してくれないかな」

「協力？」

「二人でいたほうが目立たないし、万が一、見つかったときの緩衝材にもなる」

「カンショウザイ？」

「こっちもカップルでいたほうが、むこうは安心するでしょう」

十七歳の私に彼の言葉は捉《とら》えがたく、理解できたのは「わけありらしい」という一点のみだった。わけあり。その一語が匂わす大人の香気にふらりときた。

「あとをつければいいんですか」

「うん。二人に気づかれないように」

こうしてこの夜の二部が幕開いた。


それにしても、わけありの「わけ」とはなんなのか。あの悩ましげな瞳からして色恋がからんでいるのはまちがいない。とすると、普通に考えて、彼はあのカップルの女に恋しているのだろう。片思いかもしれないし、元彼女かもしれない。どっちにしても彼女はべつの男と結婚……したんだろうな、妊娠してるし。彼はやむなく身を引いたものの、どうしても未練をぬぐい去れず、彼女が訪れるであろうかわら祭りで張っていた。そしてついに例の橋上で彼女を発見！

見知らぬ男と見知らぬカップルのあとをつけながら、私は頭の中でぐるぐると推理をめぐらせ、以上の仮説を打ちたてた。変質的ストーカー説や、かわら祭り殺人事件説なども浮上しないではなかったが、見たところ彼はこざっぱりとした大学生風だし、気づかれたときのことまで計算しているところなどもけっこう正気っぽい。さほど極端な事態には発展しないと見て取った。

実際、極端もなにも、彼はただしずしずと彼らのあとをつけていただけだった。彼らが歩けば歩き、彼らが止まれば止まる。彼らが笑えばちょっと切なげに顔をうつむける。その様子はまるで処女100％の乙女のようで、私は次第にじれてきた。

「いっそ、声をかけたらどうですか」

追跡開始から小一時間、変化に欠けた尾行に倦《う》んだ私はついに口を出した。

「このままじゃ、いつまでもこのままですよ」

「いいんだ、このままで」

額の汗をぬぐいながらも、彼の瞳は二人の背中をしかと捉えて離さない。

「こうして見てるだけでいい」

「ほかの人と一緒のところを？　私なら見たくない」

「最後にしっかり見納めておきたい」

「最後？」

「そろそろ気持ちの整理をつけないと。じきに子供も生まれるしね」

なるほど。この追跡は彼にとってある種の区切りであり、儀式であるのかもしれない。少々神妙になった私は再び口を閉ざしてカップルの追跡を続行した。

待ちに待ったハプニングが訪れたのは、夜陰も深まる十時過ぎ。河原を埋めていた人の波もようやく引きはじめた頃だった。

終始これ見よがしに寄りそっていたカップルの男が、よりによって、そのときだけ公衆トイレへ姿を消していた。女はやや離れた小広場の入口で男の帰りを待ち、その背後からは喉自慢《のどじまん》大会を楽しむ人々の歌声や拍手、野次や笑い声などがかまびすしく響いていた。

不運にも、男がトイレからもどる前、それらに混じって付近のスピーカーからアナウンスの声が流れたのだ。

「ご来場の皆様にお知らせします。喉自慢大会の終了後、当小広場にてかわら祭りのイメージキャラクター、かわらたんのお披露目イベントを行います。会場へお集まりいただいた方のうち、先着二十名様にかわらたんオリジナル地下足袋《じかたび》をプレゼントいたします」

いらねーよ。私が心で吐きすてた直後だった。

「ゆるキャラ、キターッ！」

背後からすさまじい雄叫《おたけ》びが聞こえ、三人の男が猛迫力で駆けてきた。そして、競うように小広場へと突進していく彼らの一人が、入口で男を待っていた彼女の肩に当たった。

あ、と小さく叫んだときには、彼女の体はすでに傾《かし》いでいた。お腹のふくらみを守るように彼女は腰から地へ崩れ、くっと唇を嚙《か》みしめた。

一瞬のことだった。虚をつかれて立ちすくむ私の横から、彼が彼女へ駆けよった。

「大丈夫？」

張りつめた表情で彼女の肩へ手をまわし、ゆっくりと助け起こす。その命を確かめるようにじっとお腹へ手を当てていた彼女は、やがてほうっと安堵《あんど》の息をつき、ありがとうございます、と彼の顔を見上げた。

その瞳が凍りついた。彼が彼であることに気づいたのだ。

彼は気まずげに目を伏せ、長い沈黙が立ちこめた。出番だ。こんなときこそ私は彼らのカンショウザイにならねばならない。そう思いながらも足が動かない。

三人三様に硬直していたそのとき、男が公衆トイレからもどってきた。間の悪い人間はどこまでも悪い。

男は彼女と向かいあう彼を見てハッとした。彼のことをよく知る人の反応だった。彼らのあいだに一体なにがあったのか。なにも知らない私までもが緊張し、息づまるような重苦しさがたちこめた。

最初に口を開いたのはカップルの男だった。

「来てたのか」

彼は男の目を見ずに返した。

「じゃまするつもりはないよ」

女がその場を繕うように言った。

「助けてくれたの。人にぶつかって、私、倒れて、それで……」

それぞれが一言ずつを発すると、再び沈黙がその場を支配した。

今だ。今度こそ。私は意を決してその静寂を裂いた。

「ねーねー、早くかわらたんの地下足袋もらいにいこうよー」

いかにも年下の彼女っぽく甘えたしぐさですりより、彼の腕に腕をからませてみせる。

「ぐずぐずしてるとなくなっちゃうよ、もう」

幸福な二人の瞳《ひとみ》が色を変えた。男は驚きの色へ。女は安堵の色へ。

「いい人ができたのね」

全幅の祝福をたたえた笑み。それは彼を貫く刃《やいば》でもあっただろう。けれど彼はその痛みを全力で封じこめ、うん、と彼女に笑顔を返した。

「だから心配しないで」

「よかった」

「それだけ言いたくて」

「ありがとう」

「どうか彼を幸せに」

見事な引き際だった。笑顔の奥にある強《こわ》ばりを見透かされる前に、彼は「じゃ」と片手を掲げて彼女に背中をむけた。立ち去る寸前に相手の男と目を合わせ、その一瞬だけはわずかに口もとを歪《ゆが》ませたものの、未練を悟られることなく二人から足早に遠ざかった。

人の渦巻く小広場を突っきり、新天橋の方向へとかわら道をひた歩きながら、彼は一度も後ろをふりかえらなかった。小走りになってあとを追う私のこともふりかえらなかった。ただ黙々と進みつづけ、彼らから遠く隔たった地点まできてようやく足を止めた。

そのまま、どさっと崩れ落ちた。本当にどさっと。音がした。

コンクリートの地面へ膝《ひざ》をつき、背をかがめ、両手も地に投げだし、そして彼は泣きだした。盛大に涙を吐きだし、大声で嗚咽《おえつ》し、鼻水まみれになって。

号泣だった。男の人のそんな姿を見たのは初めてだった。道行く人々はそんな彼を奇獣かなにかのようにながめ、露店の人々も首を伸ばして好奇の視線を送っていた。一緒にいて恥ずかしい、とは、しかし微塵《みじん》も思わなかった。彼の泣きっぷりにはそんな負の感情を寄せつけない神々しさがあった。

彼のこの爆発的な苦しみは、少なくとも彼の大事な人を苦しませはしない。誰も傷つけずに自分自身の傷だけをひたすらえぐっている。

気がつくと、薄桃色の提灯が闇に染み入るかわら道で、彼の傍らにたたずんだまま私も静かに泣いていた。

こんな恋がしたいと、泣きたいほど強く思ったら、本当に涙が出てきたのだ。

私もこれほどに烈《はげ》しく誰かを愛してみたい。

遊びのような恋ではなくて、孤独をまぎらすための彼ではなくて。

声を立てずに泣きながら、私は強く、強くそう思い続けたのだ。

「泣くだけ泣いて、顔を上げたら君まで泣いていた。あのときは驚いたし、本当に恥ずかしかったよ。正直言って君の存在、すっかり忘れちゃってたもんだから。失礼な話だよね」

あの夜は真っ赤に泣き腫《は》らしていた目を白昼の陽射しに光らせ、八年後の彼が笑う。

その笑顔に無理がないことを確認し、八年後の私も声をそろえて笑う。

「ほんとに失礼です。私のこと置いてさっさと帰っちゃうし」

「そう、あんまりばつが悪かったもんだから、ごめんごめんとか言いながら、逃げるみたいに帰っちゃったんだよね。せめて天元橋まで君を送っていくべきだったって、あとから反省したよ。ちゃんと帰れた？」

「はい」

あの夜――説明のつかない涙をもたらしてくれた彼がダッシュで去ったあと、私はちょっとぽかんとし、あっけにとられながらも天元橋へと引き返した。

もう二度と彼に会うことはないだろう。そのときはそう思った。烈しい恋の余韻だけを残してきれいに消えてしまった、と。

立ち並ぶ露店も店じまいを始めた道すがら、互いの腰を抱きあう中西と高島愛子を見かけたときも、私は彼のことだけを心に思っていた。ふと思いだして電話を入れたキンゾーから、いい女と知りあって一緒にいるから今夜は会えないと言われたときも、この夜のどこかにまだ焼きついている彼の恋だけを追っていた。

ゆらり、ゆらりと水の中を歩むように進み、ようやく祭りのスタート地点である天元橋へもどったとき、私は自分が来たときとはまるでべつの地平にいることを悟ったのだった。

「信じてもらえないかもしれないけど、あれから私、変わったんですよ。それまではほんとにつまらない、見せ物みたいな恋ばかりしてたのが、なんていうか……その、本物の恋を待てるようになったんです」

「見せ物みたいな恋って？」

「見栄《みえ》やプライド優先の恋。おかげで失敗だらけで、ずいぶん痛い目にも遭いました」

私に気づいたウエイターが水とメニューをテーブルへ運んできた。水滴のはりついたグラスを見下ろしながら、私は八年前の秘密を告白すべきか迷う。思いきって打ち明けたのは、あれだけ自分をさらしてくれた彼に秘め事をするのがためらわれたからだ。

「じつは……あのお祭りの少し前に、私、子供を堕《お》ろしていたんです」

「え」

「だからあの夜、あなたが追っていた女の人から目が離せなかった」

静かに凪《な》いでいた彼の瞳が波立った。動揺を押し殺すように彼は「そう」とつぶやき、数回、品のいいまばたきをした。

「そうか」

「早く忘れたくてしょうがなかったのに、あの頃は、お腹の大きい人を見るとどうしても気になって、目がいってしまって……。その人が幸せそうならなおのこと、なんだか、たまらなくて」

「それであんなに思いつめた目をしてたんだ」

「いいえ、思いつめた目をしていたのは……」

あなたのほうがずっと。

そう言いかけた私をさえぎり、彼はおもむろに声のトーンをあげた。

「今は、本物の恋をしてる？」

「はい」

「今、幸せならそれが一番だよ。今、お腹にいる子が元気で生まれたら、それが一番」

私の腹部にあたたかく注がれた視線に頬がほてった。

「やっぱり、わかりますか」

「いつ生まれるの？」

「十二月の予定です。もう安定期に入って、今日も病院へ行ってきたんですけど、順調に育ってるって」

「おめでとう」

晴れやかに祝福され、さすがに告白を憚《はばか》られた。かわら祭りの夜から数年間、私がつねに瞳のどこかで彼を捜していたことを。もしかしたらあれが最初の「本物の恋」だったかもしれないことを。彼との再会をあきらめ、その面影すらも忘れかけた頃に今の夫と知り合い、大事な命を授かったことを。

「ありがとうございます」

一抹の苦みを秘めて微笑んだそのとき、ご注文は、と先のウエイターがもどってきた。

「ごめんなさい。私、もう行かなきゃいけないので」

私はウエイターにメニューを返し、彼へ向き直った。

「これから、赤羽橋《あかばねばし》で仕事の打ち合わせなんです。産休前の引き継ぎでバタバタしていて」

「そっか。じゃあ、あんまり引きとめちゃいけないな。あの日のお詫《わ》びに送っていきたいところだけど、こっちもそろそろ連れが来るもんだから」

「あ、待ちあわせだったんですか」

「うん、まあ」

照れくさそうな笑み。その瞳《ひとみ》が放つ濃厚な光に、ぴんときた。

「もしかして、恋人？」

「うーん、まあ」

「よかった。好きな人ができたんだ」

「じつはけっこう、ほれっぽい」

彼の告白に声をあげて笑った。

その笑声にかぶさるようにして、「おまたせ」と、肩越しに低い声がした。陽を浴びていた私の半身が翳《かげ》り、背後から待ちあわせの相手が姿を現した。

ふりむき、一目見て、呼吸を忘れた。

瞳の澄んだ人だった。細面の輪郭も美しく、鼻筋もすっと整っている。彼よりだいぶ年上らしく、鼻の下には貫禄《かんろく》のある髭《ひげ》をたくわえているものの、無精髭のようなルーズさは感じない。開襟シャツの胸もとから色気をのぞかす大人の男がそこにいた。

「遅れて悪い」

彼の彼が言い、ちらりと私に目を向けた。

「知りあい？」

「うん。八年ぶりに、ばったり」

「じゃ、俺は遠慮しようか」

「いえ、私はもう行きますので」

しばし放心していた私はあわてて腰を浮かした。

「会えてよかったです。その、ちょっとびっくりしたけど」

「うん。ちょっとびっくりさせちゃったかもしれないけど」

最初の衝撃が去り、胸のざわめきが鎮まると、妙な可笑《おか》しさがこみあげてきた。

つまり八年前、彼の瞳が追っていた相手は——。

「あの夜、あの橋の上で私たち、別々の相手を見ていたんですね」

「うん。でも、本物の恋にはちがいなかった」

「もちろん。私が証人です」

あの夜にひそんでいた秘密を思いがけず彼と交換した私は、わけありの笑顔でうなずき、かんかん照りの路上へと身をひるがえした。

東の果つるところ

今朝もおまえを感じました。おまえの鼓動。おまえの息づかい。おまえの生命そのもの。私の中で蠢《うごめ》いているそれは日に日に確かな躍動を増していくようです。おまえは着々とこの世へデビューする準備を進めているのでしょう。私のちっぽけな子宮になどさぞかし飽き飽きしたでしょう。

待っています。皆がおまえを待っています。ある者は期待を、ある者は野心を、またある者は好奇心をその胸に秘めて。

けれど、残念ながら私にはおまえの誕生を待つことができそうにない。

この期に及んでなおも昨日、医者から堕胎を勧められました。

あいつのせいです。私の中でおまえとともに肥大化していく病巣。あいつもまたおまえに負けじと増殖し、この体内で我がもの顔に幅をきかせているようなのです。

こんな容体で出産に耐え得るはずがない。母子ともに生きながらえる確率は3パーセントにも満たないと医者は言います。リスクが高すぎる、と。

冗談じゃない。私はそんな戯言《ざれごと》を一笑に付し、なにがあっても子供を守ってくれ、それがあんたの役目じゃないかとやりかえしました。おまえを産もうと産むまいと、どのみち私は長くない。あいつはこの体を貪《むさぼ》りつくすまで決して手放しはしない。ならば未来ある胎児の命を優先すべきなのは自明の理、医者も内心じゃわかっているはずなのです。

約束しましょう。私はこの身に残された力の限りをふりしぼり、最後の一滴まで出しつくし、息みきっておまえをこの世へ送りだしてみせます。産道をくぐりぬけたおまえけれど、恐らくこの手でおまえを抱くことはできない。

を労《ねぎら》うことも、その肌に頬をすりよせることも。

感傷は捨てましょう。遅かれ早かれ人には別離が訪れるものです。

さようなら、おまえ。

そう言って私は死にましょう。現世という名の舞台を降りましょう。その先になにが待っているのかなんて知ったことじゃない。

ただひとつ気がかりなのは、この俗世でおまえを待ちうけるものたちのことです。おまえの誕生はゲリラ豪雨のような騒動を世間にもたらすことでしょう。スキャンダルまみれの女優が私生児を出産、同時に他界ということになれば、どんな祭りがくりひろげられるのかは目に見えています。

どこから洩《も》れたのか私の妊娠は業界中に知れわたり、早くもマスコミが父親捜しを始めているとマネージャーから聞きました。おまえと血をわかつ男を特定するのに誰しも躍起になっているようです。

「どうやら父親候補リストまで出回ってるらしいぞ」

「父親候補リスト？」

私は吹きだしました。おまえとあいつを宿した腹を抱えて笑い転げました。けれどマネージャーが入手したそのリストへ目を通すと、なかなかどうしていい線をついていたので少しはマスコミの犬どもを見直す気にもなったのです。

どのみちいずれはおまえの知るところにもなるのでしょうが、リストには六人の父親候補の名が挙げられていました。全員が去年、名古屋で撮影した映画『月とエビフライ』に携わったスタッフです。
・下瀬達彦（助監督・五十六歳）
・佐竹賢（音響係・四十三歳）
・加藤信輔（共演俳優・三十五歳）
・久保良次（メイク係・二十七歳）
・丘直也（大道具係・二十二歳）
・松下駿吾（弁当屋の出前持ち・十八歳）
不況にあえぐ零細企業の悲哀を描いた『月とエビフライ』は目下編集作業に難航しているらしく、クランクアップ後はスタッフとの音信も遠のいていますが、この六人の顔だけは今もありありと思い出せます。辺鄙《へんぴ》なロケ地で六十日間をともにした中でも、確かに私から最も近い距離にいた男たちですから。

妙な先入観をおまえに植えつけたくはありませんが、彼ら六人が皆、基本的に感じのいい好人物であったことはここに記しておきましょう。苦労人の助監督はほれぼれするほど辛抱強く、癇癪《かんしゃく》持ちの二世監督から日ごと罵声《ばせい》を浴びても腐らないタフな精神の持ち主でした。音響係の佐竹さんは現場の空気を読むのが得意なムードメーカーで、加藤信輔はなんでも知っている博学の読書家。メイクの久保ちゃんは洞察力の鋭い人生相談の名手、大道具係は気は優しくて力持ち、弁当屋の駿吾は感性豊かな霊感少年でした。

果たして誰が自分の父親なのか。おまえは早くも勇みたち、その身を駆ける血のざわめきに耳を傾けているかもしれませんね。

しかし、お待ちなさい。父親よりもまず先に、おまえは母親である私のことを知る必要がある。少なくとも私には知らせる必要があるのです。

これを語らずしては死ぬに死ねない。

とはいえ、なにぶんおまえはまだ胎児、遺言を託すにはいくらなんでも時期尚早というものでしょう。

どうしたものかと思いあぐねた末、十五歳になった時点でおまえの手に渡るよう、こうして手紙をしたためることにしました。

十五歳のおまえ。

おまえはすでに私について数多《あまた》の噂を耳にしているかもしれません。軽蔑《けいべつ》。非難。嫌悪。嘲笑《ちょうしょう》。同情。いったいどんな人物がどんな感情を交えてなにを語ることやら想像もつきませんが、いずれにせよそれらはすべて外側から捉《とら》えた私にすぎません。

この手紙には内側の私を焼きつけ、彫りこみ、刻みたい。女優・武澤花緒《たけさわはなお》ではなく、草間由果《くさまゆか》という名の一人の女。その内なる呪わしい物語を、私はおまえに託して逝きたいのです。

草間由果は二十七年前に西麻布《にしあざぶ》の一角で生を享《う》けました。父親は外資系の商社マン、母親は帰国子女で家庭内の会話は英語、おやつはオレオとレモンパイ、完全にアメリカナイズされた環境下で育ったのです。

と、マスコミ向けの資料では騙《かた》ってきましたが、実際のところは遠くかけはなれていました。

草間由果は三十年前に山陽地方の一角で生を享けました。なだらかな山と田畑に守られた村里、それが私の故郷です。五秒も眺めればあくびが出るほどのどかで退屈なところです。

それでも田舎にしては小洒落《こじゃれ》た洋館に住まい、ガレージには外車を眠らせていた点などからすれば、小規模ながらもアメリカナイズの片鱗《へんりん》くらいはあったかもしれません。

素封家の両親は林業を営んでいました。母が祖父から受け継いだ広大な山には至極良質の木が育ち、その管理だけでも十分すぎるほどの財を成すことができたのです。草間印としてブランド化した高級木材を求め、家に隣接した製材場には連日多くの業者が詰めかけました。「これほどいい木が育つのは土がいいからだ」と、皆が口々に褒めそやしたものです。「ここまで見事に肥えた土壌は見たことがない」と。

付近に集住する親族がやはり先祖から継いだ土地もまた同様でした。ある者はそこで稲作を、ある者は畑作を営み、なにをしても面白いように当たりました。別段工夫をこらすでもないのに、一族以外が有する土地とは明らかに収穫物の量と質とが違うのです。

豊作の原因は土のみならず気候にも恵まれていたことでしょう。山であれ田であれ畑であれ、草間の一族が有する土地はかつて一度も台風や干魃《かんばつ》の害をこうむったことがありません。冷害、虫害、雷害のたぐいもまた然《しか》り。日本中を震撼《しんかん》させたあのブラッディ・トルネードの夜でさえ、巨大な竜巻は私たちの土地だけを器用に避けていったのです。

強運はそれに留《とど》まりません。一族の土地を貫く清流では西日本一の美味を誇る鮎《あゆ》が釣れ、川底からは純度の高い砂金が採取されました。山渓からの湧き水は豊富なミネラルを含んで日本の名水十指に数えられ、森では掃いて捨てるほど大量の松茸《まつたけ》が毎年顔をのぞかせました。土を掘れば温泉が出る。古代石器が出る。徳川将軍の埋蔵金が出る。

選ばれし一族。何者かの加護を受けているかのように禍《わざわい》を避け、天地の恵みを享受しつづける草間一族を、いつしか人々はそう呼ぶようになりました。あたかも私たち一族が特別な血でも継いでいるかのように。

しかし、言われるまでもなく草間一族は、もとより自分たちが特別な人間であると信じていたのです。

恩恵を受ける資格。

富を築く権利。

永久に栄える運命。

我が一族は天からそれらを約束されてこの地に生を享けたのだ、と。

その驕《おご》った選民意識の根拠を示すには、言葉で説明するよりも、一族の家系図を見てもらうほうが早いでしょう。

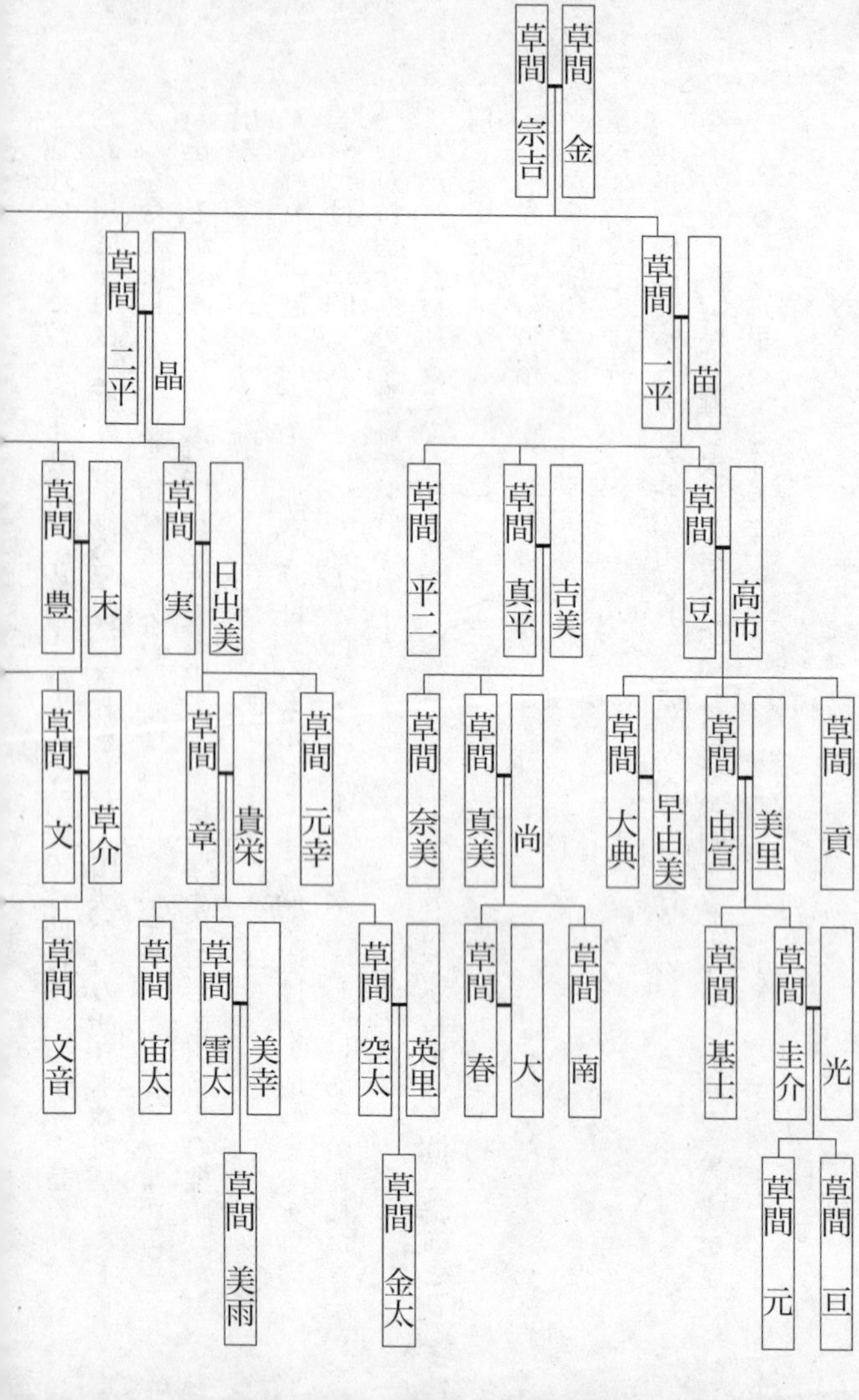

草間金
草間宗吉
苗
草間一平
晶
草間二平
高市
草間豆
吉美
草間真平
草間平二
日出美
草間実
末
草間豊
草間貢
美里
草間由宣
早由美
草間大典
尚
草間真美
草間奈美
草間元幸
貴栄
草間章
草介
草間文
光
草間圭介
草間基士
草間南
大
草間春
英里
草間空太
美幸
草間雷太
草間宙太
草間文音
草間亘
草間元
草間金太
草間美雨

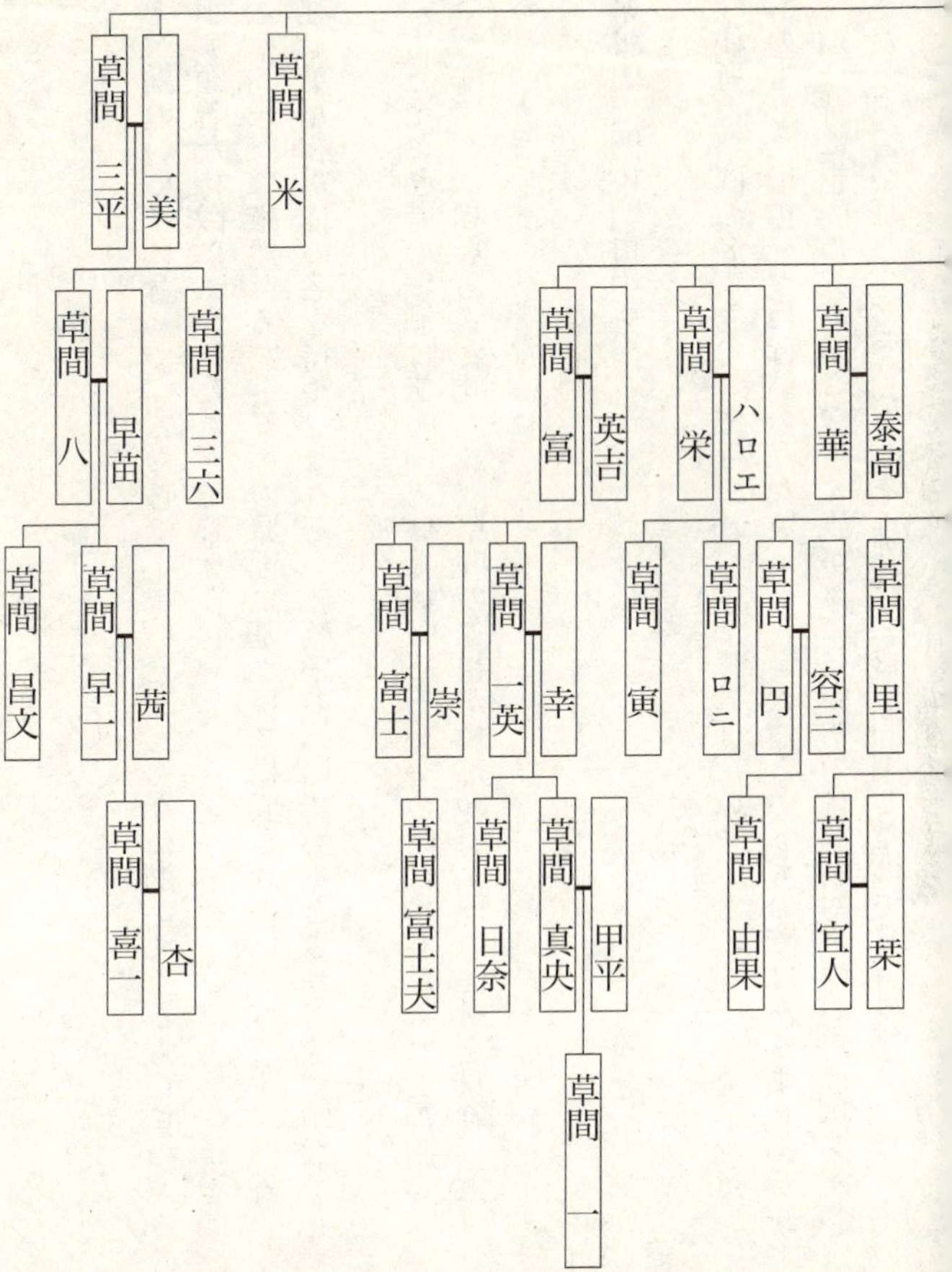
草間三平
一美
草間米
草間八
早苗
草間一三六
草間昌文
草間早一
茜
草間喜一
杏
草間富
英吉
草間栄
ハロエ
草間華
泰高
草間富士
崇
草間一英
幸
草間寅
草間ロニ
草間円
容三
草間里
草間富士夫
草間日奈
草間真央
甲平
草間由果
草間宜人
栞
草間一

どうです？

おまえが勘のいい子に育っているならば——いえ、どんなに勘が悪くとも、この家系図が示す顕著な特徴に気づいたことでしょう。

そう、草間一族は厳然たる左右対称の原理に基づいて構成されているのです。例外なしに誰もが左右対称の名を持つ。これぞ一族繁栄の福因であるとされてきたが故です。

草間宗吉と金より昔の家筋は伝わっていないため、いつの時代に誰がそれを福因と定めたのかは知るよしもありませんが、草間の先祖が授かった土地の住所を見れば大方の想像はつきます。

岡山県曾田天門市門口中央南

こんな住所に草間の名字をもって生まれついた暁には、いやが上にも左右対称を意味深きものとして偏重せずにはいられない。それが人情というものではありませんか。恐らく遠い昔に祖先の一人が「我ら一族がツイているのは左右対称のおかげにちがいない」などと言いだし、「そうだ」「そうだ」と皆が同調したのでしょう。

人間は不幸にも幸福にも理由を求めるものです。根拠なき幸福は根拠なき不幸以上に人を落ちつかなくさせるものなのです。

ともあれ、共通のスローガン（左右対称で一族繁栄！）のもとに草間一族は団結し、一丸となってさらなる発展を遂げてきたのでした。

恐らくその過程において最も重視されたのは、因習継承のための徹底した子孫教育だったことでしょう。

草間家に生まれた子供たちは、いろはを習うよりも早く左右対称への忠誠心を植えつけられます。左右対称がいかに尊く、霊験あらたかなものであるのかを叩《たた》きこまれるのです。

その洗脳手腕たるやすさまじく、遥《はる》か祖先からこんなわらべ唄《うた》まで伝わっているほどです。

王　帝　主　父
えらい人を呼ぶ言葉
紙に書いて二つに折ろう
右も左もぴったり重なる
重なるからえらい　えらい　えらい

水　米　肉　果実
大事なものを呼ぶ言葉
紙に書いて二つに折ろう
右も左もぴったり重なる
重なるから大事　大事　大事

天　宙　空　日
山　土　森　火
富士山　いい山　日本一
左右がいっしょ　左右がいっしょ
左右がいっしょは　すばらしい

毎朝毎夕、こんなものを唱歌させられる子供はどんな人間に育つと思いますか。とんまな優越感をふりかざす左右対称信者のできあがりです。世間一般の価値観からは遠くかけはなれたところで、草間家の子供たちはむきだしの柔らかい心に傲岸《ごうがん》な差別意識を埋めこまれるのです。

万事は名前次第。まず私たちのように完全な左右対称の氏名を持つ者のことを草間家では「完全対称」と呼び、無条件に礼賛します。逆に、左右対称を持たない者は「ゼロ対称」と呼んで軽蔑《けいべつ》の限りをつくすのです。それ以外は左右対称の率によって「75パ対称」「50パ対称」「25パ対称」などと呼びわけ、この割合が高いほど人間としての格も高いと見なします。たとえば75パ対称の山田洋一は25パ対称の島田宏明よりも数段優等とされるのです。

草間一族にとって重要なのは左右対称の比率のみ。善悪も美醜も貧富も取るにたらない付属品にすぎません。

当然ながら社交の相手も左右対称率で決まります。草間家に出入りをする業者や従業員は皆、50パ対称以上という条件を満たした者に限られました。25パ対称以下の人間とはできるかぎり関わるなと釘《くぎ》を刺され、ゼロ対称とは口をきくことも許されません。ゼロ対称と知らずにうっかり挨拶《あいさつ》などを交わしてしまった暁には、穢《けが》れ落としのために三日間の謹慎を課せられるのです。

かつて父はクラス担任がゼロ対称であるという理由で、私のクラスを替えろと小学校へ怒鳴りこんだことがありました。ゼロ対称の子と遊んだばかりに裏庭の蔵へ閉じこめられたのも一度や二度ではありません。気の合う相手に限ってなぜだかいつも25パ対称以下——私の少女時代は悲嘆に暮れるばかりで過ぎていきました。

最大の試練はやはり恋愛でしょう。恋をした相手が25パ対称以下であったがために、かつて私はどれだけ心を殺さねばならなかったでしょう。不条理な因習をいくら呪ったことでしょう。頭脳。運動神経。性格。容姿。おおよそのことは後天的微調整が可能でも、名前ばかりは動かしようがありません。

しかし、特殊な経験は特殊な順応性を育《はぐく》むものなのでしょうか。高校へ進んだあたりから、私の関心は自然と50パ対称以上の相手のみへ向かうようになりました。氏名を知った段階で対称率が低ければ、流れる雲のごとくその存在をやりすごす。いつしかそんな妙技を身につけていたのです。

恐らく草間一族は代々そうして生きながらえてきたのでしょう。理不尽な掟《おきて》に初めこそ反発を覚えても、気がつくと左右対称の絶対的拘束力に縛られ、囚《とら》われ、がんじがらめになっている。

結果、妙齢になると誰もが血眼になって嫁婿探しに走るのです。

言うまでもなく、家系図を左右対称で埋めつくすには、外から入ってくる嫁や婿のファーストネームも完全対称である必要があります。しかし、「真」や「里美」のような完全対称の名はありそうで少なく、待っていれば出会いと成就がもたらされるわけではありません。

条件にそぐう異性を探して東奔西走した果て、無念にも独身で一生を終えた祖先。

ようやく結婚にこぎつけたときには四十をまわり、子宝に恵まれることなく潰《つい》えた祖先。不遇に泣いた先人たちの例は枚挙にいとまがありません。家系図には一風変わった「ハロエ」という名も目につきますが、これは日本で嫁探しの叶《かな》わなかった祖先がロシアまで出向いて捕まえてきた女性と伝わっています。

それほどに峻厳《しゅんげん》な掟ですから、私もゆくゆくは条件に見合った男をしゃかりきに追いまわし、さらなる一族繁栄のために子をもうけるものと考えていました。

果たしてその先に幸福があるのか。そんな疑問をはさむ余地もないほどに、それは堅牢《けんろう》に固められた未来図だったのです。

どのみち人の心は儚《はかな》く、体はいずれ朽ちる。しかし、名前は不動である。骨は灰と化し、魂は輪廻《りんね》し、あとに残るのは家系図のみ――。

ところが、高校卒業を間近に控えたある日、そんな人生観を一八〇度くつがえす大《だい》波瀾《はらん》が起こったのです。

なんと、いとこの文音《あやね》さんが駆け落ちをした。草間の姓を捨てます、との短い書き置きを遺《のこ》し、元クラスメイトだったゼロ対称の郵便局員とともに曾田天門を去ったのです。

私より四つ上の文音さんは穏やかながらも芯《しん》が強く、一人っ子の私には姉同然の人でした。親族のあいだでもしっかり者で通っていた彼女が、よりによってゼロ対称の男と駆け落ちをするなんて。

その衝撃もさることながら、私の奥部により深い激震をもたらしたのは、文音さんが行動で示した「未来は選べるものなのだ」という驚愕《きょうがく》の事実でした。

岡山県曾田天門市門口中央南に生まれた草間由果。この呪わしい運命から、意志ひとつで私は抜けだすことができる。婿養子を迎えず他家へ嫁ぐだけで草間の姓を捨てられる。

人の心は儚く、体はいずれ朽ちる。そして名前すらも不動ではない――。

危ういところで私は目を覚ましたのです。

高校卒業後は家事手伝いでもしながら婿探しに精を出すつもりでいた私は、そこでにわかに人生設計を立てなおし、意を決して両親に告げました。

「うち、卒業したらよその土地で暮らしたいんじゃ」

無論、両親は猛反対しましたが、私は粘りに粘りました。そして、

「よそっておまえ、どけえ行くつもりなん」

父に迫られたその機をとらえて宣言したのです。

「東へ」

東へ――。

あまりにも漠然としすぎているとおまえは笑うかもしれない。けれど忘れないでく

ださい。草間一族からしてみれば漠然としているという以上に、「東」の一語が左右対称である事実が厳粛な意味を持つのです。

案の定、父と母は弱った顔を見合わせました。私の独立は阻止したい、けれどその向かう先が左右対称の名であるかぎり、彼らはその地を否定することができないのです。

「東ならしゃあないか」

父がぽつんとつぶやいたとき、今さらながら私は左右対称の底知れぬ呪力《じゅりょく》にぞっとしました。

十八歳の春に私は故郷を発《た》ちました。両親は分厚い札束やクレジットカードとともに、東京都目黒区中目黒に居を構える遠い親戚《しんせき》の住所を私に持たせました。その親戚が当面、私の身辺を世話してくれることになっていたのです。

しかし、私はその住所を記したメモを新幹線のゴミ箱へ放り、代わりに、密《ひそ》かにメールを交わしていた文音さんのマンションを訪ねました。札束とクレジットカードはありがたく頂戴《ちょうだい》するも、草間家との縁はここまでと心に決めて。

新婚にもかかわらず、文音さんは私を歓迎してくれました。ご主人の勇治《ゆうじ》さんも開けっぴろげな温かい人で、私はゼロ対称の彼に若干の偏見をぬぐえずにいた自分を恥じました。

当分ここにいればいいとの言葉に甘え、新天地での居候生活がスタート。クレジットカードが無効になったのはその三日後のことです。どうやら両親が私の謀反に気づいたようですが、構いはしない、札束が薄くなったら職探しをするまでのことだと私は腹をくっていました。

現実はもっと甘かった。町を歩くだけで私には続々と仕事のチャンスが舞いこんできたのです。

東京ではやけにじろじろ見られる。見ず知らずの男からお茶に誘われたり、不躾《ぶしつけ》に携帯電話の番号を尋ねられたりする。東京人というのはいやに人なつこいものだと訝《いぶか》ってはいたのです。

しかし、芸能事務所のスカウトマンを名乗る人々から次々と名刺を押しつけられるに至って、私はついにある事実を認めざるを得なくなりました。

私は美しいのだ、と。

これにはびっくり仰天しました。

なにせ学生時代を通じて一度も異性に言い寄られたことのない私です。どうして容姿に自信など持ち得ましょう。

「西と東じゃでーれー女の好みが違うんじゃな」

困惑しきりの私が洩《も》らすと、文音さんはけたけたと笑いました。

「あんたは曾田天門でも飛びぬけた美人じゃったが。じゃけど変わり者《もん》の草間一族ゆうだけで、男子たちは逃げ腰になったんじゃ」

「じゃけど、一族の人らーからじゃって、容姿やこうよう褒められんかったわ」

「あの人らーには容姿やこうなんの価値もないけんな。草間家が崇《あが》め奉るんは左右対称だけじゃ」

そらそうじゃ、と私は大いに納得し、ならばいっそ今後はこれまでと真逆の価値観に身を浸してみようかと、一か八かの芸能界入りを決意したのです。

芸能界はそれほど甘い世界じゃないと言いますが、業界人たちの崇拝する「美」という価値観に寄りそうことさえできれば、それほど厳しい世界でもありません。早い話、顔さえよければ大方のことはうまくいくのです。溜《た》まりに溜まった名刺の中から最大手の事務所を選んだ私は、標準語の特訓に若干苦労した以外はさしたる障害もなくデビューを果たし、女優の道を歩みだしました。

武澤花緒。

事務所からゼロ対称の芸名を与えられたときの、打ち震えるような胸のときめきをどう表せばいいでしょう。

新しい名前。

新しい人生。

草間一族からの完全なる脱却。

ようやく左右対称の呪縛を逃れた。これからは自分の心ひとつで生きられる。名前に囚《とら》われず誰とでも話ができるし、恋だってできる。

嬉《うれ》しくて嬉しくて仕方がなく、会う人がみな救世主のように神々しく見えました。

楽しくて楽しくて仕方がなく、来た仕事はすべて引き受けました。昨今めずらしい正統派美人として通っていた私に舞いこんでくるのは楚々《そそ》としたお嬢さん役と決まっていましたが。

デビュー三年目にして事務所から都心のマンションを宛てがわれた頃には、連続ドラマで準主役を張れるまでになっていました。同年代のタレントからは「演技のできない顔だけ女優」だの「事務所の力」だのと嫌味も言われましたが、私はびくともしませんでした。

容姿の力。事務所の力。左右対称の呪力に比べたら、どんなにか健全なものでしょう。

最初の壁に直面したのはデビュー六年目の年でした。お嬢さん女優からの脱皮を狙う事務所の戦略もあり、私に初の汚れ役がまわってきたのです。

ヒロインとヒーローの恋路を邪魔する体育教師の役でした。ヒロインは女子高生、ヒーローはその担任教師、人目を忍んで逢瀬《おうせ》を重ねる二人のあいだに「ストーップ！」と割りこみ、えんじ色のジャージ姿で暴れまくるのです。

体育会系のストーカー女を大胆に、且つ繊細に演じてほしいと監督から求められ、私は頭を抱えました。役作りの重圧で食事もできなくなったのは初めてのことです。

そんなとき、なにかにつけて助けてくれたのがヒーロー役の男優、加志崎純也《かしざきじゅんや》さんでした。人気沸騰中だった彼は超多忙な身でありながらも私の練習につきあい、ときには電話で脚本《ほん》読みの相手までしてくれたのです。

ルックス。性格。知性。経済力。すべてにおいて完璧《かんぺき》だった純也さんに、私はたちまち夢中になりました。なにせ初恋です。免疫がないだけにさじ加減もわからず、競争馬さながらに彼へと猛進しました。

恋愛慣れをした純也さんには、かえってそれが新鮮に映ったのかもしれません。撮影中はえんじ色のジャージで「ストーップ！」をくりかえし、時にはヒロインに跳び蹴《げ》りをくらわせたりもする私を、純也さんは現実世界におけるヒロインにしてくれたのです。

本物のヒロイン。真の恋人です。

瞬く間にそれをマスコミから曝《あば》かれ、大々的に報じられたのには驚きましたが、あとにして思うとあれはドラマ関係者のリークだったのでしょう。連続ドラマの製作発表記者会見では純也さんと私の交際に質問が集中し、それを事実と認めたことによりマスコミはますますヒートアップ、ドラマは高視聴率連発の大ヒットを記録し、私たちは一躍時の人として脚光を浴びたのです。えんじのジャージまでもが売り切れ続出の一大ブームを巻き起こしたほどです。

思えばあれが私の最盛期だったのでしょう。人々は私の美しさを声高に讃《たた》え、恋人は耳元で甘い言葉をささやき、毎日が目もくらむばかりの光に充《み》ち満ちていました。蝶《ちょう》よ。花よ。虹《にじ》よ。星よ。ビバ、輝かしき人生よ！

仕事も恋愛も順風満帆。日に日に多忙を極めるスケジュールの中、ほんの一時間でも体が空けば、私は迷わず純也さんのマンションへ駆けつけました。たとえ彼が仕事で不在でも、部屋を掃除し、料理を残し、私の気配を植えつけて帰るのです。

スタッフや共演者からの誘いも一切断り、私は純也さんに空き時間のすべてを注ぎこみました。純也さんがいれば友達も要らなかった。そもそも生存競争が激しいこの業界においては、利害のからまない交友関係など存在しません。唯一、心を許せた文音さんの故郷訛《ふるさとなま》りまでもが疎ましく思えてきた時期でした。

〈花緒、一途《いちず》愛！　純也しか見えない〉

マスコミにそんなことまで書きたてられた私を、しかし、純也さんは「意外と家庭的」「めずらしく古風」などと肯定的に評価してくれました。

〈純也、まんざらでもない⁉　「いい奥さんになりそう」とニヤリ〉

徐々にわかったことですが、純也さんは三歳にして父親と死別し、以降はパート仕事をかけもちする母親との二人暮らしを送ってきました。寂しさをこらえて多忙な母親の顔色をうかがう日々の中、彼は終日電気を灯《とも》している家庭への渇望を募らせてきたのです。

「いつか君と家庭を築きたい」

「子供は三人以上上ね」

「広い庭つきの家に住んで、夏にはビニールプールで子供を遊ばせる」

「クリスマスには本物のもみの木を飾りましょう」

きらびやかな芸能界に身を置きつつも、私たちはともにごく普通の家庭を夢見ていました。私も純也さんに劣らず偏った生い立ちを持つ身です。左右対称バカの両親から与えられなかった当たりまえの家族を求めつづけてきたのです。

できることならばすぐにでも結婚したいほどでしたが、純也さんはデビューの際、三十までは独身を通すとの契約を事務所と交わしていました。

〈ついにゴールイン！　純也と花緒、春爛漫《らんまん》の婚約会見!!　各界からも祝福の嵐〉

交際三年目、純也さんの三十歳の誕生日を待って婚約発表を行ったのは、そんな事情があってのことでした。

当時の私は二十六歳。お嬢さん女優としてはやや薹《とう》が立ちかけ、ゆるやかに仕事も減少、結婚するにはいいタイミングだと事務所も賛成してくれました。仰々しい引退宣言はしないまでも、結婚後は芸能活動を控え、家庭中心に生きる。もとよりそう決めていた私は、たとえ事務所の反対に遭ってもそれを貫いたことでしょう。純也さんの家族という以上に重要な役などあるわけがない、と。

幸せすぎて怖い。いつかおまえも誰かと出会い、そんな不安に襲われる日が来るのでしょうか。

これだけは肝に銘じなさい。幸福など断じて恐れてはいけない。びくびくしている人間を幸福は見くびり、もてあそんだ末に身をひるがえす。その逃げ足たるや相当なものです。

脱兎《だっと》のごとき俊足で幸福が私のもとを去ったのは、豪華披露宴を翌月に控えたある晩のことでした。

本当ならば生涯で最も感動的な一夜になっていたはずです。なぜって、私たちは夢にまで見たあの婚姻届を前にしていたのですから。

彼と私を他人から家族へと昇格させてくれる魔法の紙きれ。

けれど純也さんがペンを走らせた瞬間、それは悪魔の紙きれに化けました。新郎の欄に記された四文字を見るなり、私の全身がぞわっと総毛立ったのです。

〈田中大吉〉

「これは誰？」

「ぼくの本名だよ」

戦慄《おのの》く私に純也さんはけろりと言いました。

「いや、べつに隠してたわけじゃないんだけど、あんまりかっこいい名前じゃないし、なんとなく言いそびれて……どうしたの？」

「左右……」

「ああ、うん。うちの家系は代々、左右対称の名前を受け継いできたんだ。そのほうが縁起がいいって話で」

そこから先は憶《おぼ》えていません。私は気を失っていたのです。

数時間後、意識がもどったときには病院のベッドの上でした。

「過労と貧血だろうって。しばらく休めば大丈夫だよ」

いつもと変わらない純也さんの優しい顔を見るなり、こらえきれず大粒の涙が頬を伝いました。私は彼の胸でさめざめと泣きました。

左右対称の呪縛《じゅばく》を逃れ、ようやく自由になれた。これからは愛する人と普通の家庭を築ける。そう信じて疑わなかった私は、しかし、水面下で見えない罠《わな》に足をすくわれていたのです。逃げるどころか完全対称の家系へ飛びこもうとしていた。ああ、なんという怨念《おんねん》のすさまじさでしょう。

私が愛したのは加志崎純也ではなく田中大吉だった——。

無論、本名が違っても彼の美質が損なわれるわけではありません。純也であろうと大吉であろうと彼は彼、私の愛情が揺らぐこともありませんでした。

けれど彼と結婚し、再び完全対称の血を継ぐことを思うと、どうにもならない恐怖が私を冷たくするのです。一点の曇りもなく照り映えていた未来に暗色の波が打ちよせるのです。

三日間の入院中、悩みに悩み、考えに考えた末、私は最愛の人との別れを決意しました。

挙式十日前に婚約解消を発表したのちの騒動は思い出したくもありません。あえて語らずとも、各スポーツ紙や週刊誌が逐一記録してくれましたので、興味があるならバックナンバーをご参照ください。

〈花緒と純也、破局！　史上最大のドタキャン。一万人招待客の困惑〉
〈一途愛の花緒が婚約破棄⁉「わけがわからない」純也ア然〉
〈純也の母も涙「花ちゃん、なぜ？」〉
〈「えんじのご利益もここまで」ジャージメーカーもがっくり〉
〈やけ酒か？　花緒、六本木で酩酊《めいてい》〉
〈花緒、カメラマンを殴る。全治二週間〉

〈牛丼を食い逃げ⁉　花緒ご乱心〉

〈「ストーップ！」逃げた花嫁、花緒の奇行止まらず〉

〈父の墓前で純也、心機一転「もう忘れます」〉

〈フッた純也に未練？　花緒、楽屋で大荒れ。スタッフ騒然〉

〈激太り？　花緒、ロケ弁をぺろりと三つ〉

〈花緒大ショック‼　純也に新恋人〉

〈出家か⁉　花緒、尼寺へ〉

おまえがこれらを鵜《う》呑《の》みにするほど単純な子に育っていないことを願いますが（単純さほど人を倦《う》ませるものはありませんからね）、まあ、当たらずといえども遠からずと言いますか、八割方は事実であったと言えなくもありません。

どちらにしても過ぎたことです。

皮肉にも、幸福の絶頂から奈落《ならく》へ転落したその後、仕事の上ではかつてない充実を迎えることになりました。お嬢さん女優の枠を脱却した私の演技は「深みが出た」の「凄《すご》みが出た」のともてはやされ、舞いこむ役の幅が一気に広がったのです。映画や舞台からお呼びがかかるようになったのもこの頃でした。

魔性の女であれ家政婦であれ女詐欺師であれ、私は受けた役に全力で取りくみました。演じて、演じて、演じぬいて自分を消すために。もはや愛することも愛されることもないこのちっぽけな存在を葬り去るために――。

おかしなものですね。闇雲に仕事へ打ちこんだ私は、純也さんと別れて三年後には実力派女優と称されるまでになっていました。マグロ漁船の女船長役で日本アカデミー賞主演女優賞の座に輝いたのもこの時期です。

一方、仕事以外の私生活は惨憺《さんたん》たるものでした。

何者も演じていない自分、素のままの自分、生身の女である自分と、私はもはやしらふで向きあうことができませんでした。三年の年月が流れてもなお、私は純也さんを失った痛手から抜けだすことができずにいたのです。

意識を混濁させるため、我をなくすために、夜な夜な酒を浴びました。飲んでは吐き、飲んでは暴れ、飲んでは泣いて気絶するようにベッドへ倒れこむ。焼きつくような光と、吸いつくような闇と――極端なコントラストの往来が続きました。仕事場ではどこまでも高揚し、部屋へ帰るとどこまでも落下する。

死にたい。私の中にはいつしかそんな願望が芽生えていました。そしてそれはある日、スポーツ紙の一面に〈加志崎純也、元モーニング娘。と今度こそ結婚!〉の文字が躍ったのを境に、より鮮明な欲望へと転化したのです。

『月とエビフライ』への出演依頼が来たのはその頃でした。六十日間に及ぶ名古屋郊外でのロケ。故郷に近い西での仕事を厭《いと》っていた私は逃げ腰でしたが、事務所はこの話に乗り気でした。どうやらロケ中に二十四時間態勢で私を管理し、アルコール依存を改善させようとの腹があったようです。

酒浸りの日々は私の肌や体型にも影響を及ぼしつつありました。事務所にしてみれば商売道具の価値下落の危機です。加えて私は吐き気や腹痛などの体調不良にも苛《さいな》まれはじめていて、今にして思えばそれらはあいつの仕業だったのですが、当時は誰もがアルコールのせいにしていたのです。

スタッフ総がかりの説得に屈し、やむなく私は名古屋へ発《た》ちました。が、結局は同じこと。事務所の思惑など我関せず、名古屋でも夜な夜な酒をあおりつづけたのです。ロケ終了後は夕食もとらずにホテルのバーへ直行し、アルコールの海へと沈みこむ。マネージャーが止めれば大声で泣きわめく。騒ぎになるのを恐れたスタッフたちは次第に見て見ぬふりをするようになりました。

とはいえ、撮影の現場で迷惑をかけたことはありません。夜は夜、昼は昼。たとえド素人の二世監督が親の七光でメガホンを握った映画でも、私は自分の遺作となるこの作品をしっかりと演じきる気でいたのです。そして、クランクアップと同時に自殺する決意を固めていました。

死にたくて、死にたくて、もはやそれ以外は考えられなかった。

撮影開始から一週間が経ったその夜も、私はホテルのバーで黙々と飲みながら、どんな手段で死のうかと夢見るように思いめぐらせていました。

するとと、意識がほどよく濁ってきた頃、ふいに横からささやく声がしたのです。

「そうがんばらんでもええ」

「え」

ふりむいた私に老婆が笑いかけました。

「そうがんばらんでも、遠からずおまえは死ぬ」

私を蒼白《そうはく》にさせたのは、地獄の使いのような低声だけではありませんでした。いつのまにか隣席にいたその顔を、私は知っていたのです。

草間一族の重鎮、大伯母《おおおば》の日出美《ひでみ》でした。

「どうして……」

震える私に日出美は笑みを消して言いました。

「草間の血から逃げられる思うたら大間違いじゃ。草間の血から逃げられるんは死ぬときだけで」

「だから、私は死ぬつもりです」

「そんな力まんでも、おまえはもうじき自然に死ぬ。天誅《てんちゅう》じゃ。下等な芸名をつけよって、草間の家系を汚した罰じゃ」

「罰？」

「これまでじゃってそうじゃった。おまえみたいな裏切り者はぜってー命を縮めることになる。家系図に残せん相手と結婚しよった輩《やから》、左右不対称の名をつけよった子供……掟《おきて》に背いた者は一人として長生きせんかった。裏切り者は子孫を残せん。これが草間一族の宿命じゃ」

「そんなもの」

西から東へ渡って十余年、私は大伯母に反発できる程度に呪縛《じゅばく》を解かれた気でいました。

「作り話に決まってる。左右対称だから栄えるだとか、左右対称じゃないから早死にするだとか、なにもかも誰かの作り事じゃない。私は宿命なんか信じません」

「いいや、現におまえはいまだにその宿命の中におる。愛する男の名前が完全対称だから婚約を破棄するじゃと？　それが正気の沙汰《さた》か考えてみられー」

私は息を呑《の》みました。

「ほれ見られー、おまえは誰より左右対称にこだわっとんじゃ。こだわるっちゅうんは囚《とら》われるっちゅうことじゃ。生まれてこのかた、おまえはずっと囚われの身じゃった。囚われたまま生きて死んでいくんじゃ」

バーテンが私の顔を覗《のぞ》いて「大丈夫ですか」と問いました。よほどひどい顔色をしていたのでしょう。

得意顔の日出美は襟のあわいから小さな新聞の切りぬきを取りだし、そんな私の眼下へ滑らせました。

「一昨日《おととい》の記事じゃ」

「え」

「読みゃーますます宿命を信じるようになる」

ほなさいなら、と日出美は席を立ち、私はその背中が視界から消えるのを待って、切りぬきに目を走らせました。そして、悲鳴をあげました。

「大丈夫ですか」

再びバーテンに問われましたが、がちがちと歯が鳴り言葉になりません。

わずか四、五センチの切り抜き記事にはこう書かれていたのです。

〈通り魔か？　大田区の主婦、藤村文音さん（三十三）が刺され死亡〉

文音さんが死んだ――。

何度読みかえしても変わることのない凶報を前に、いったいどれだけの時間を微動だにせずやりすごしたことでしょう。まるで私までもが死体になったように凝固し、指一本動かすことすらひどく難儀に思われたのです。

ついにバーテンから閉店を告げられ、重たい腰をあげました。ホテルの部屋へもどって一人になるなり、噴きだすような涙が視界を塞《ふさ》ぎました。

くやしかったのです。せっかく自由をつかんだ文音さんが、勇治さんとの子供を待ちわびていた彼女が、日出美の言う「草間家の宿命」に捕まってしまった――。果たして日出美の言うとおりなのでしょうか。文音さんは掟に背いたが故に早死にすることになったのでしょうか。私も遠からずそのあとを追うのでしょうか。

泣いては吐き、吐いては泣き、物狂おしい一夜の中で私は草間一族の宿命について考えつづけました。この体を流れる忌まわしい血について。私たちを翻弄《ほんろう》する掟について。そして、夜が明けた頃には出しつくした涙に変わり、得体の知れない精気が自分の中に漲《みなぎ》っているのを知ったのです。

冗談じゃない。こんな宿命に負けてたまるか、と。

体は疲労困憊《こんぱい》でしたが、心にはかつてない活力が満ちていました。私はフロントで日出美の部屋番号を尋ね、勢いまかせにその部屋へ乗りこんだのです。

「うちは死なん。子供を産むまで死んでたまるか」

日出美の顔を見るなり、啖呵《たんか》を切りました。

「うちは絶対に子孫を残しちゃる。草間家の宿命に抗《あらが》う新しい血脈を立ちあげちゃるわ」

故郷に程近い西の地で自らを殺《あや》めようとしていた女はもういませんでした。東の悲境で失われた愛にしがみついていた女もいませんでした。そこにいるのは西も東もない新たな地平をめざす一人の挑戦者だったのです。

映画の撮影が終了し、東へもどった私が自分の内部に宿ったおまえとあいつの存在を知ったのは、その翌々月のことでした。

産婦人科でおまえの存在を告げられた瞬間、私を余すところなく呑みこんだ歓喜をおまえは想像できますか？

あの爆発的な至福感はその数日後、同じ病院の内科であいつの存在を突きつけられた瞬間でさえも、少しも翳《かげ》ることはありませんでした。

おまえの命がここにある。もう、それだけで私はいい。

しかし、こんな女から生まれるおまえのことを思うと、どうにもならない無念や懸念が狂おしく胸に押しよせてくるのも事実です。

今この瞬間も私の中で蠢《うごめ》き、デビューへ向けての準備体操に余念のないおまえ。あるいは、おまえが無邪気に生を享受できるのは今のうちかもしれません。武澤花緒の子として産声をあげたが最後、おまえは背負わなくてもいい苦労を背負って生きることになる。世間から注がれる好奇の目。悪意。そして中傷――。マスコミは執拗《しつよう》におまえを追いまわし、半永久的に父親を捜し続けるかもしれません。

マスコミだけじゃない。私の妊娠が業界へ知れわたって以降、父親候補六人中の二人が「父親は自分だ」と事務所へ電話をよこしたと聞きました。

果たして父親は誰なのか。

その答えを最も切実に求めているのは彼ら自身かもしれません。なにせ私はあのロケ中に六人全員と寝ていますから、誰が父親であってもおかしくはないのです。

私は子供がほしかった。文音さんの死を知らされた翌朝、奇妙な高ぶりの中で立てた誓いに嘘いつわりはありませんでした。あいつの存在など露知らず、私はおまえを希求した。父親なんて誰でもよかった。むしろ誰だかわからないくらいがちょうどよかったのです。

父親を特定すれば、誰であれ子供はその一個人に縛られる。

私はおまえに血に呪われた運命を生きてほしくはありませんでした。

こうしておまえに語りかけ、改めて自らの人生をふりかえりながら、私にはある後悔がつきまとっていました。草間の名を逃れて西を発《た》ち、東で新たな世界を開拓しながらも、結局のところ私は最後まで「家族なるもの」への執着を捨てきれなかった。仕事で多くの人と会い、交流する機会に恵まれながらも、それを拒んで純也さんとの結婚のみを夢見てきた。家族こそが自分を支え、未来を温めてくれる唯一無二の存在と信じて疑わず。

けれど現実はどうでしょう。家族は支えてくれるどころか根深いトラウマとなって私を翻弄しつづけている。

私だけではありません。過去の反動から家庭に憧《あこが》れていた純也さんも同じです。そして、六人の父親候補もまた然《しか》り。名古屋で彼らと時を重ね、個々の内側へ通じていくにつけ、人は誰しも多かれ少なかれ身内の影を引きずっていることに私は気づかされたのです。

苦労人の助監督が忍耐強いのは五人兄弟の末っ子に生まれ、使いっ走りが骨の髄まで染みこんでいたせいでした。音響係の佐竹さんが場の空気に敏感なのは幼少時に両親の喧嘩《けんか》が絶えなかったせいで、共演俳優の加藤信輔が読書家なのは上昇志向の強いステージママから教科書と本だけを友達として宛てがわれてきたため――。

人間の背後には過去があり、過去の中心には家族がいる。

そんな現実を見るにつけ、私の中へ居座っていた家庭願望は急速にしぼんでいきました。

今は思います。人はむしろ他人を大切に生きるべきではないのか、と。

家族は選べない。けれど他人は選ぶことができる。家族の数は限られているけれど他人は無限に開けている。

気づくのが遅きに失しました。

けれど、おまえはまだ間に合う。

十五歳のおまえ。

たとえおまえを取り巻くすべての人間が「父親は誰だ」と呪文《じゅもん》のごとく唱えつづけたとしても、おまえにだけはそれに囚《とら》われず、六人全員を父とするような、あるいは六人全員を他人とするような意識で生きてほしいのです。ある日突然、六人の誰かがおまえの前に現れ、責任感や愛情、損得勘定などをにじませながら「お父さんだよ」と両手を広げても、安易にそこへ飛びこんだりはせず、かといって突っぱねたりもせず、「そうであってもいいし、そうでなくてもいい」と微笑むことができるおまえであってほしい。血が繋《つな》がっていようとなかろうと、その男が好もしい人物であるならばおまえといい関係を築いていけることでしょう。好もしくなければ切って捨てればいいのです。たとえ血が繋がっていても。

無論、勇治さんも他人の一人です。かねてから文音さんとの子供を切願していた彼は、授かることのなかったその子の代わりにおまえを育て、一生をかけて守ると約束してくれました。彼ほどの善人は滅多にいないのでその点は安心できますが、しかし、人間にはいかんせん相性というものがある。おまえが勇治さんと相容《あいい》れず困っているのなら、そろそろ家出も可能な年頃です。

外の世界へ踏みだせばごまんと他人がいる。何者にも縛られることはありません。もちろん私にも。

ペンを強く握りすぎた指先がしびれています。文字を連ねるほどに自分が磨《す》り減り、透きとおっていく気がしています。内側のすべてをこの書へ注ぎこみ、もはや私はからっぽです。だけど、おまえがいる。

私はもうじきおまえを産み、そして死にましょう。

どうかおまえが他人に恵まれた人生を歩めますように。

呪《じゅ》も縛《ばく》もないおおらかな生を全うできますように。

私のおまえに幸あれ。

本が失われた日、の翌日

きっと私は道の途中で気付くだろう。

いつもよりも肩が軽い。常時バッグへ忍ばせているはずの本がない。

どこへ忘れてきたのか。

やむなく私は新たな一冊を求めて書店を探すだろう。

ところが、たどりついた先にも本がない。一冊も。

「あら、知らないんですか」

困惑する私に書棚を解体中の書店員が告げる。

「本は昨日付けでこの世界から失われたんですよ」

私は半狂乱となって町中の書店を巡り歩くだろう。

しかし、どこにも本はない。図書館にも、古本屋にも、カフェの棚にも。

本という本は完全にこの世界から失われた。もちろん私が書いた本も。

そこでようやく私は思い至るだろう。本の失われたこの世界において、自分がもはや職業作家ではありえないことを。

あらゆる締切、あらゆる約束も同時に失われた。

爆発的な解放感。死んだも同然みたいな自由を胸に、私の足取りは俄然《がぜん》軽くなるだろう。

一方、街角の巨大スクリーンには本の失踪《しっそう》をめぐるから騒ぎが映しだされている。就任早々、未曾有《みぞう》の珍事に見舞われた首相は野党へ訴えるだろう。

「今こそ与野党が一致団結して本の行方を追うときだ。ノーサイドです」

本が失われた時刻にプーケット島でゴルフに興じていた文部科学大臣は苦しく弁明するだろう。

「公費ではないし、キャディもつけていません」

行政刷新大臣は前もって責任を回避するだろう。

「私が仕分けしたわけじゃない」

日本ペンクラブはこの失踪を「特定秘密保護法を危ぶむ活字自らの警鐘」と位置づけ、シーシェパードの船長は「森林伐採の報いじゃ」と咆哮《ほうこう》、ギネスブックは本件を世界最大の雲隠れとして認定した上で、「惜しむらくはこの新記録を印《しる》す本がないことです」と肩をすくめてみせるだろう。

私は呆《あき》れてスクリーンに背を向ける。

誰も彼もが履きちがえている。すでに失われたもの、もはや存在しないものについて云々《うんぬん》するなんてどうかしている。

この世界から本が失われた。それは失った私たちではなく、失われた本側の問題なのだ。

本には本の事情がある。本以外には決して理解できない苦悩と決断が。

それにしても肩が軽い。軽すぎる。私は拾った石をバッグに収めて重さを調節し、再び歩きだすだろう。

歩き疲れたら一軒のカフェに入る。アイスコーヒーを注文し、習慣のように本をめくろうとするも、本はない。

やむなく代用の石を握る。鳩尾《みぞおち》のあたりがもぞっとする。プリミティブな衝動。言葉が溢《あふ》れでるままに、私は尖《とが》った石の先でテーブルに文字を刻みだすだろう。

そこにある歪《ひず》みを探るように。埋めるように。

〈やり逃げした男の財布から掠《かす》めとっておいたクレジットカードの暗証番号は――〉

書きだしは上々だ。昔の人たちはこうして物語を印し、その多くは失われ、私たちは新たな刻印を追いつづける。

気がつくと隣席の客も口紅で窓ガラスに何やら書きつけている。床ではウエイターがバーナーで、窓の外では作業員がパワーシャベルで文字を刻んでいる。

それはひどく野蛮で熱っぽく物狂おしい光景に映るだろう。

ブレノワール

母の危篤を知らされたのは、僕がパリの二つ星レストランでメレンゲを泡立てていたときだった。

電動泡立て器の手もとが狂い、ボウルを派手に投げだした。メレンゲが弾けた厨《ちゅう》房《ぼう》の床には白い波頭が点々と散った。僕はそれがしぼむよりも早くマネージャーに暇《いとま》乞《ご》いをした。

まさかこんな形で再会することになろうとは。

意地と繁忙が招いた六年間の空白を悔やみつつ、シャルル・ド・ゴール空港でブレスト行きの航空券を手配し、その日のうちに花の都から地の果てへと移動した。比喩《ひゆ》ではなく、ブルターニュ地方にある僕の故郷は実際にフィニステール（地の果て）と名付けられているのだ。

大西洋へ突きだしたフランス西端の半島。不安定な空と湿気と強風。痩《や》せた土地には小麦も葡萄《ぶどう》も育たず、人々は黒麦粉のガレットを食べてシードルを飲む。およそ世間一般がブルターニュに抱いているイメージはこんなところだろうか。フランスに統合されて久しい今も尚《なお》、ケルトの血を継ぐ僕らブルトン人は一種独特の民族として位置づけられている。

「よく帰ったな、ジャン。しかし、告げねばならないことがある。神様はアネットをお召しになる準備を整えられた。多くの徴《しるし》がもたらされたのだよ」

およそ千五百年前に英国から移住し、厳しい自然の中で生き長らえてきたブルトン人は信心深い。とりわけ僕の親戚《しんせき》にあたるバロウ一家の神フェチぶりには強烈なものがある。

久々の里帰りを果たした僕を待っていたのは、母の死を確信した彼らの深い嘆き、あるいはすっとんきょうな世迷《よま》い言《ごと》だった。

「受けいれるしかないわ、ジャン。だって、カササギが家の屋根に止まったんだもの」

「昨日、アネットの部屋のそばで雄鳥《おんどり》が鳴いたんだ。神の御心には逆らえない」

「今朝も犬の遠吠《とおぼ》えを聞いたの」

「今だから言うけど、アネットはこの春、森でイイズナを見てるんだ。あれを見たからにはもう長くない。そう僕にだけ打ちあけてくれたよ」

彼らにしてみれば、これらはすべて母の死を示唆する残念な徴ってことになる。文明よりも因習を尊ぶこの村には出所のわからない迷信がはびこり、井戸端会議のたびにその数は増えていく。

「で、医者はどう言ってるの」

僕は一家の主であるローラン伯父《おじ》さんに母の病状を尋ねた。

「覚悟が必要だ、と。今回の発作は今までのよりずっと大きかったんだ」

「今までも発作が？　なんで教えてくれなかったんだよ」

「黴がもたらされないうちに？」

僕はそれ以上の議論をあきらめて病床の母を見舞った。

母は土色に乾いて縮んでいた。まるで脱穀を終えた麦藁《むぎわら》のようだった。カササギや雄鳥に教わるまでもなく、彼女の命が燃えつきようとしているのは一目瞭然《りょうぜん》だった。

「ああ、ジャンか」

けれど母は僕の顔を見るなり気丈にも毒づいたんだ。

「親不孝者がやっと帰ってきた。六年間もどこで何をしてたんだか」

二度と帰ってくるなと命じたのは母さんのほうだ。そう返したいのをこらえて僕は言った。

「修行だよ。今はパリの二つ星レストランにいる」

「二つ星？」

「レストランの評価だよ。それだけ洗練された料理を出す店ってこと」

母は皺《しわ》だらけの首を力なく揺すった。

「人間は生きるために食べるんだ。都会の人間はそれを忘れてる」

「でも、たまには楽しむための食事があったって……」

「で、おまえはどんな料理を作るんだい」

あいかわらず母は言うばかりで聞く耳を持たない。

「今はパルフェを担当してる」

「大の男がデザートか」

「最後の記憶として舌に残るデザートは重要だよ。今じゃオリジナルメニューも任されてて、ときどきクレープも作るんだ」

「クレープ？」

母の瞳《ひとみ》が用心深げな光をちらつかせた。

「それはもちろん、しょっぱいクレープのことだろうね」

「いや、甘いクレープだよ。しょっぱいクレープはデザートに合わない」

ブルターニュ発祥のクレープには二種類がある。黒麦粉から作る茶褐色のガレットと、小麦粉から作る乳白色のクレープ。母は前者を「しょっぱいクレープ」と呼んでブルターニュの王道と見なし、後者を「甘いクレープ」として邪道扱いしていた。

「甘いクレープなんて紛《まが》いもんだよ。ブルトン人があんなものを客に出すなんて、情けない」

「母さん、まだそんなこと言ってるの？　確かに昔はガレットが主流だったかもしれないけど、今は時代が違うよ。パリじゃ口当たりのいい甘いクレープが大人気なんだ」

「誰がパリの話なんかした？　まったく、おまえはあいかわらずだね。これっぽっちも変わってない。六年前から少しも成長してないよ」

結局、いつもの言い合いとなった。

「母さんこそ。あいかわらず人の話を聞かないし、僕のすることなすこと否定する。結局、僕が何をしたって認めちゃくれないんだよね」

「ま、生きてるあいだは無理そうだね」

母は真顔でうなずいた。

「こうなったら死後にでも期待するしかない」

「死後？」

「死んだ人間は一度だけ形を変えてこの世に戻ることができるんだ。私がおまえを認めるとき、仮にそんなときが訪れるとしたら、私は花に姿を変えておまえにそれを知らせよう」

「花……」

「五枚の白い花びらだよ」

最後は茶目っ気をこめて笑った。彼女が若くてエネルギッシュだった頃を思わせる笑顔だった。なんだ、まだくたばりそうにないじゃないか。母の頑迷さに苛立《いらだ》ちながらも一方で僕は安堵《あんど》した。

その翌朝の曙《あけぼの》の頃、母は五十四歳の命を締めくくった。

意外にも、母の死はバロウ一家に異様なハイテンションをもたらした。母が息絶えたその日が土曜日だったせいだ。神に愛された人間は土曜日に召される。そんな迷信を尊ぶ彼らにとって土曜日の死は神の恩恵そのものであり、母は天国での厚遇を約束されたも同然なのだった。

霊前でひとり悲嘆に暮れる僕は完全に浮いていた。葬儀につきまとう決め事の数々も僕をぐったりさせた。家に遺体があるうちは掃き掃除をしてはいけない。埋葬のあいだは家を留守にしてはいけない。墓地へ向かう途中で止まってはいけない。ここでは何をするにも禁忌《きんき》がある。

ようやく一連の儀式が終わり、パリへ戻る日は心からほっとした。

「いつでも帰ってこいよ、ジャン。アネットがいようといまいと、ここは君の家だ」

「あなたがブルトン人として誇り高く生きることを願ってるわ。ルネの息子だもの、大丈夫よ」

「ブルターニュの血があなたをお守りくださいますように」

伯父のローラン、伯母のイザベル、いとこのミシェル、レイモン、アンヌ、ナタリー。僕の幸運を祈る彼らの言葉に嘘がないのは重々承知していた。我慢強く、慈悲深く、貧しくともブルトン人として折り目正しく生きることこそ最大の誇りとする篤実な人々――その頑強な信念こそが、しかし、僕を追いつめた呪縛《じゅばく》であったことを誰が知るだろう？


そもそもブルトン人らしさとは何なのか。

少なからぬ反抗心をこめて問うたびに、母は決まって父の話を持ちだしたものだった。

「ルネは強情な男で、一度言いだしたらてこでも引かない頑固者だった。そして、言いだしたことは必ず最後まで全うした。静かに淡々とやりぬいたもんだ。困難は彼を奮いたたせても挫《くじ》けさせはしなかった。多くの村人がルネをブルトン人の鑑《かがみ》としたもんだよ」

のろけ混じりの回顧をうのみにはできないにしても、祖父から継いだ黒麦畑を三倍にまで拡張させたのは確かに父の粘り強さの功績だったろう。

しかし、運には恵まれなかった。僕の物心がつくよりも早く、父は落雷の犠牲となって世を去った。その後、母は黒麦畑を人に売り、父の兄に当たるローラン伯父さんを頼ってバロウ家へ身を寄せた。彼らの営む林檎《りんご》農園を手伝い、空いた時間にはシードル作りに精を出し、日々忙しく立ち働きながら一人息子の僕を育てた。バロウ家の人々は僕たち母子を家族同然に扱ってくれたから、僕は父がいない寂しさを味わったことはない。

けれどもずっと窮屈だった。重苦しくて不気味で息が詰まりそうだった。祖先の霊をうやまうバロウ家の毎日は厳格なルールに則《のっと》って営まれ、そこでは得てして生者よりも死者のほうが優遇されたからだ。

熾火《おきび》には常に灰をかぶせ、火を絶やさずにおくこと（死者が家に戻ったときに暖をとれるように）。夜は口笛を吹かないこと（さまよう死者たちを刺激しないように）。午後十時から午前二時のあいだは外出してはならない（それは世界が死者たちのものとなる時間だから）。数えきれない禁忌に触れて何度罰を受けたかわからない。

一番のトラウマは七歳のとき、水の事故で亡くなった見知らぬ少年の葬式へ連れていかれたことだ。友達でもないのにと疑問に思いつつ、僕は母とローラン伯父さんに手を引かれて長い道を歩いた。そして到着するなり母から命じられた。

「遺体にキスをしておいで」

死んだ子供にキスをすると長い命が約束される。そんな言い伝えをどこかで聞きかじってきたのだという。

「いやだ」

泣いて暴れる僕を母と伯父《おじ》がはがいじめにして遺体の前まで引きずった。土のこびりついた伯父の手で首の後ろを摑《つか》まれ、生きている唇を棺桶《かんおけ》の中の死んだ唇に押しつけられた。見知らぬ少年の青白い唇。冷たく乾いた石のような感触。微《かす》かに酸っぱい匂い。そのとき誓った。いつかこの村を出ていく、と。

非科学的なものへの反発は年を追うほどに強まった。母もバロウ家の人々も、僕に言わせれば見えないものの影に囚《とら》われすぎている。彼らは絶えず死を見つめ、生きることに集中していない。なぜ死者よりも生きている人間の伸びやかな躍動を大事にできないのか？

「ブルトン人として」「ルネの息子として」などと何かにつけて言われるのも癇《かん》にさわった。ブルトン人である以前に僕は僕であり、ルネの息子である以前にひとつの個性なのだ、と。

この呪縛から逃れたい。義務教育の終了後、僕は積年の鬱屈《うっくつ》をバネにして親元を離れ、故郷から百キロほど離れたカンペールの町で職を得た。

最初の職場は知人に紹介された寮付きのレストランだった。皿洗い。この響きに眉《まゆ》をひそめながらも母が反対しなかったのは、決して裕福とはいえなかったバロウ家への遠慮のせいかもしれない。

　皿洗いは単調の一語に尽きたが、それを補うほどに街の暮らしは目新しい彩りに満ちていた。村が死者の霊に支配されていたのに対して、街は生者のものだった。圧倒的に生き生きしているし、人間、建物、車、とにかくすべてがたっぷりとある。滞ればよどむ空気をその絶対数が混和し、人と人のしがらみを薄めている。

　食べものの種類が豊富なことにも感心した。職場の厨房《ちゅうぼう》でシェフの料理を目にするにつけ、僕は自分がいかにそれまで同じものばかり食べつづけてきたかを思い知らされた。茹《ゆ》でたジャガイモ。塩漬けの鱈《たら》。豚の腸詰め。ガレット。まるで鉄の検門でも存在するかのように、バロウ家の食卓に載るのはごく限られた皿ばかりだ。

　使命感に駆られた僕は最初のうち、休日ごとにバロウ家へ戻り、見よう見まねで新しい料理をふるまった。が、食事を娯楽とすることに抵抗を覚える彼らは警戒心を露《あら》わにし、ほんの形ばかりしか手をつけようとしない。彼らの満たされない胃袋のため、しまいにはイザベル伯母さんが台所でガレットを焼きはじめるのが毎度のオチだった。

　ぽそぽそとして味気なく、微妙な酸味があるしょっぱいクレープ。なのに皆はたちまち食欲を回復し、いとこのレイモンなどは十枚だって食べる。

「これぞ生粋のブルターニュの味だよ。甘いクレープなんか滋味もなければ栄養もない。ブルトン人ならしょっぱいクレープを食べるべきだ」

ことクレープの話となると、母はやたらとむきになった。

「でも、卵や砂糖が入ってるほうが柔らかいし、喉《のど》ごしもいいし」

僕が反論しようものなら、情けない、と涙目で怒りだす。

「この子は故郷の味を忘れちまった。ちゃらけた仕事に魂を汚されちまったんだ」

「皿洗いは立派な肉体労働だよ。そりゃ早いとこシェフ見習いに昇格したいけど」

「シェフ見習い？　料理は女の仕事じゃないか」

「時代錯誤だ。母さんはなんにもわかってない。こんな田舎でガレットばっかり食べてるからだよ」

「どういう意味だい」

「胃袋の中身が変わらないから頭の中身も変わらないんだ」

「なんだって？」

顔を合わせればぶつかるようになり、僕の足はおのずとバロウ家から遠のいた。

彼らが僕の料理を遠ざけたように、僕もまたバロウ家の食卓に背を向けた。

黒麦粉のガレット。当時の僕にとってそれは華やぎに欠けたしょっぱい人生の象徴だったのだ。

母と僕。年々溝を深めていった僕たちに決定的な義絶をもたらしたのも、やはりクレープだった。

あの一件はあきらかに僕の分が悪い。若気の至りと言うほかない。僕はまだ二十一歳で、当時はブルターニュ最大の街レンヌのレストランで前菜係を務め、そして恋をしていた。

初めての恋とは言わない。街にはいつだって遊戯的な恋愛が溢《あふ》れていたし、遅れて手にした自由を謳歌《おうか》していた僕にもデートの相手くらいはいた。が、この体も心も不自由になるほど一人の女に入れこんだのはセシルが初めてだった。

新米ウエイトレスとして職場に現れたセシルは、かつて僕の前に現れたことがない種類の女だった。豊かな金髪に肉感的なボディ、しかもパリから来たという。

「なんでパリからブルターニュへ？」

「都会に飽きたの。それだけよ」

第一声を交わしてからの展開は早かった。バイト開始から間もなく、セシルは店中の皿という皿、グラスというグラスを粉々にするという驚異の破壊力を発揮し、五日目にしてオーナーからクビを言い渡された。彼女が店を去る日は従業員の男全員がしょげかえった。僕らにしてみれば皿を失うより彼女の完璧《かんぺき》なヒップラインを失う痛手のほうが大きかったのだ。

若かった僕はあきらめきれずにそのヒップを追いかけ、セシルをデートに誘った。

思いがけずＯＫの返事をもらい、初デートが成立。当日は友達に借りた車でユエルグアットの森へ行き、苔《こけ》むした岩の上で意味のない会話をしながらセシルの尻《しり》に触れ、夜は街中のナイトクラブで一杯やった。

「都会のデートに飽きてたのよ」

ほろ酔い加減でセシルは僕にしなだれた。

「こういう田舎っぽいデートに憧《あこが》れてたの」

と言いながらも最後は都会風に彼女のほうからベッドへ導いてくれ、以降、僕たちはステディな間柄になった。

セシルがたんに僕の田舎風味を珍重していただけなのはわかっていた。それでもよかった。感度抜群のエッチな体。それだけで僕は彼女に感謝の念を惜しまなかった。ベッド以外でともにする時間の退屈さにも目をつぶれたし、セシルが望めば牧場にも苺《いちご》摘みにもつきあった。

「あたし、ジャンの実家へ行ってみたい」

セシルをバロウ家へ連れていくことになったのも、もとは彼女の気まぐれからだった。

「本物の、筋金入りの田舎暮らしが見たいの」

「本物なんて面白くないよ。保守的な人たちが型どおりの暮らしをしてるだけで」

その保守的な彼らがセシルを見たらどう思うか？

恐れおののいた僕はどうにか思いとどまらせようとしたものの、セシルは意固地になって「絶対に行きたい」と言い張った。しまいには別れるの別れないのと面倒な事態に発展し、結局、別れたくない僕が引きさがった。

里帰りは一年ぶりだった。しかも今回は金髪のパリジェンヌ連れだ。セシルの姿を見た皆の驚愕《きょうがく》、混乱、痛嘆——想像するだに気がふさいだ。どうか誰も卒倒しませんように。

ところが、僕の杞憂《きゆう》に反して故郷の面々は信じがたいほどの寛容さを示したのだった。

「初めまして。遠いところをよくぞいらっしゃいました」

「ジャンがお世話になっております」

「ぜひ昼食を一緒に食べていってちょうだい」

これには心底驚いた。女の身だしなみに厳格なローラン伯父さんが、パンツの見えそうなミニスカートのセシルに穏やかな笑みを向けている。「厚化粧の女は悪魔の化身」が持論の母とイザベル伯母さんも、紫色に塗りたくられたセシルのまぶたから巧みに視線を逸《そ》らしている。昼食には跡取り息子のミシェルも同席したのだが、いとこの中で最も気短な彼でさえ、自家製の腸詰めサンドウィッチを「まずっ」と吐きだしたセシルへの憤りを露わにはしなかった。

皆の唇に行儀よく張りついた形状記憶的微笑。次第に僕は読めてきた。セシルに対する慇懃《いんぎん》さ、それは彼女を僕の恋人として歓迎しているためではなく、彼らにとってあくまで彼女が手厚く遇するべき客である事実を知らしめるものなのだ。身内にはなりえない他者として切り離す、それぞ彼らにとって最大の防御であり攻撃なのである。

その証拠に、昼食を終えた彼らは逃げるように林檎《りんご》農園へ消え去った。自分も行きたいと言うセシルに「お客さんはごゆっくり」と丁重な、しかし頑とした拒絶を示して。

僕とふたり残されたセシルは手持ちぶさたな様子で台所をうろつきはじめた。年代物の秤《はかり》を見ては「さすが田舎!」とはしゃぎ、薪《まき》式のオーブンを見ては「田舎大賞!」と叫び——そして、ついに彼女はアレを見てしまった。

昔は一家に一台あったという「ビリッグ」。クレープを焼く円形の鉄板だ。今では店で買うのが一般的なクレープの皮も、時代の移ろいに無関心なバロウ家ではあいかわらず家で焼いていた。

「私、一度これでクレープを焼いてみたかったんだ。ね、やらせてよ、ジャン」

恐らく僕はもう少し慎重であるべきだったのだろう。バロウ家の女にとってこのビリッグがなにやら深長な意味を秘めていることは察していたのだから。けれどこのときは深く考えず、セシルの機嫌を損ねることのほうを恐れた。

「じゃ、みんなが帰ってくる前にね」

セシルが所望したのはもちろん甘いクレープだ。材料は小麦粉と卵と砂糖。バロウ家の質素な台所にも幸いその程度はそろっていた。僕は手早くそれらと水を混ぜあわせてクレープ生地を作り、ビリッグを温めた。

鉄板にひとかけらのバターを溶かし、生地を流しこむ。卵とバターの香りがふわりと立ちのぼる。

「私にやらせてよ」

「最初は見てなよ。意外と難しいから」

「できるって、そのくらい。貸して」

無論、彼女にはできなかった。鉄板上の生地が固まるよりも早く均一の薄さにならし、外側がぱりんとなったところで破らずに裏返す。初心者には難度の高い芸当だ。流しの上にはたちまち失敗作の山ができあがり、僕は「へたくそ」と笑ってしたたか脛《すね》を蹴《け》られ、やりかえすふりをしてセシルの胸や尻を触った。彼女も応《こた》えて腰をくねらせ、甘い香りが焦げたクレープの匂いに変わっていく。

母の声に全身が総毛立ったのはそんなときだった。

「この大馬鹿者！」

殺気立った罵声《ばせい》にふりむくと、家の戸口に仁王立ちの母がいた。

「誰の許しでそんなことやってんだ。そのビリッグを使えるのはイザベル伯母《おば》さんだけだよ。そんなよそ者に甘いクレープなんか焼かせやがって」

僕はセシルを守るように一歩進み出た。

「ごめん、知らなかったんだよ」

「そんなわけあるか。私だってそこでクレープを焼いたことはない。おまえは知ってたはずだよ」

「わかった。ごめん。謝るよ。でも、セシルが悪いわけじゃないんだ。彼女はみんなに美味《おい》しいクレープを食べさせたかっただけで」

「なに言ってんだ。昼食の皿一枚も片づけなかった女が、そんな殊勝なことをするもんか」

「母さん、セシルに失礼だよ」

「肩を持っても無駄だよ。どうせそんなパリの尻軽女とおまえがうまくいくわけない。ブルターニュの男についてこれるのはブルターニュの女だけだ」

「尻軽女ってなんだよ。この村から出たこともない母さんにパリの何がわかる？」

ついに激しい親子喧嘩《げんか》へ突入。子供時代の僕が抱えつづけた鬱憤《うっぷん》、実家に寄りつかない息子に母が抱えつづけたであろう憤懣《ふんまん》——それらを互いの胸奥に押しこめあったまま、僕たちはブルターニュがどうのパリがどうのと代理戦争さながらの罵《のの》り合いに没頭した。

終戦のゴングを鳴らしたのはセシルだ。

「心配しないでよ、おばさん。私、田舎を見るのは好きだけど暮らすのなんてまっぴらだし、ジャンとの結婚なんて考えちゃいないし」

睨《ね》めつけあっていた僕と母は同時にその目を声の主へ移した。

クレープに飽きたセシルはビリッグで目玉焼きを作っているところだった。

「ジャン、最後のお願いだよ」

母は急に十も年老いたような顔で告げた。

「今すぐその女を連れて帰って、二度とここへは戻ってこないでおくれ」

田舎めぐりを満喫したセシルがその数ヶ月後にパリへ戻って以降も、僕は母の願いを尊重し、二度とバロウ家の敷居をまたごうとはしなかった。店を移るたびに住所は通知していたものの、母から連絡が来ることもなかった。完全なる訣絶《けつぜつ》。けれど僕はどこかで常に母を意識していたのだと今になれば思う。

評判の店から店へと渡り歩き、実力派のシェフについて腕を磨いた。休日も家のキッチンに立ち、いつかチーフシェフの座へ昇りつめる日を夢見た。厨房《ちゅうぼう》で一番偉い司令塔。そこまで行けばさすがの母も僕を認めてくれるのではないか。そんな期待が僕を支えていたのかもしれない。

二十七歳で母を亡くしたとき、だから僕は足場を挫《くじ》かれた。生気を吸いとる魔物のような喪失感に支配され、料理への情熱も出世への野心も見失った。けれど厨房に立つ僕のそんな内面を知る者はいなかっただろう。

皮肉にも、どうにもならない虚脱の底で初めて、僕は自分がブルターニュの男であることを自覚することになったのだ。

つまり、いやになるほど辛抱強くて、粘りがきいてしまう。

心の状態がどうであれ、自分がすべき仕事、やると決めたことは最後までやり通す。淡々と、黙々と全うする。母に聞かされていた父の姿に、気がつくと僕はとても似ていた。ブルターニュの男が誰しもそうであるとは限らないものの、少なくとも僕の中には典型的なブルトン人だった父の片鱗《へんりん》が組みこまれていたようだ。まるである年齢に達すると動きだす凝った仕掛けのように。

結果、内面の失意と反比例して業界内における評価は上がりつづけ、母の死から五年後、ついに僕はパリで知られる名店のチーフシェフにまで昇りつめたのだった。

一方、ブルトン人の資質は諸刃《もろは》の剣でもあった。たとえば歳を重ねるごとに表面化していった僕の頑《かたく》なさは、同時に手痛い弊害も伴った。端的に言って、僕はひどく女受けが悪かったのだ。

セシルにふられて以来、果たして何人の女から一方的な別れを突きつけられただろう？

親密になりたてのうちはいい。けれど関係が深まるほどに女たちは一歩ずつ引いていき、やがては「つきあいきれない」「疲れた」「面倒臭くなった」などと言い捨てて去っていく。融通のきかない僕の性分に誰もが愛想を尽かすのだ。

年々助長していく万事へのこだわり。言いだしたら引かない強情さ。デート中にコーヒーを一杯飲むだけでも、味とコストに納得がいくカフェを見つけるまで延々と相手を歩かせてしまう。

「確かにあなたは屈強な精神の持ち主かもしれないけど、一緒にいても楽しくない」

そんな致命的宣告を受けたことさえある。

サラが僕の前に現れたときも、だから初めのうちはいつ捨てられるのかと気が気ではなかった。最初の一声からして彼女にはほかの女と違う何かを感じただけに、失う恐怖も大きかった。

出会いは、僕がチーフシェフをしていたレストランだ。出版社勤めのサラはグルメ本の取材で店を訪れた。通常、メディア対応は店のマネージャーに一任している僕だが、その日は料理を終えたところでお呼びがかかった。

「編集者が君に会いたいそうだよ」

フロアで待っていたのは毅然《きぜん》としたショートボブの女だった。

「素晴らしいお料理でした、シェフ。私はあなたを信用します」

信用する？　妙な物言いに小首をかしげる僕に、彼女はまっすぐ笑いかけた。

「実は私、三日前もこのお店の同じ席で同じコースを注文したんです。取材って言うと通常よりもいいものを出してくるところも多いから、念のため。でも、ここの料理は三日前も今日も完全に同じものでした。同じくらいすばらしくて、もう一度食べたいくらい」

このとき僕の胸を満たしたのは単純な喜びではなく、すぐには捉《とら》えがたい不透明の靄《もや》だった。

彼女は三日前にも同じ席で食事をした。けれど僕は気付かなかった。一日中、厨房にいるのだから当然だ。長らく当然と見なしてきたことが、初めてざらついた違和感を帯びた。

チーフシェフがうろうろしているとフロアが緊張する。だから君は厨房を守っていればいい。マネージャーには常々そう言われていた。でも、本当にそうなのか。最後に客の顔を見たのはいつ？　掬《すく》っても掬ってもぬぐえない灰汁《あく》のように疑問がわきあがる。

数日後、僕は思いきってサラを呼びだした。我ながら血迷った話だが、僕に気付きを与えた彼女にこの心境を打ちあけたい、ぜひとも聞いてほしいとの誘惑に勝てなかったのだ。

「一度会っただけの君に、こんな話をしても迷惑なのはわかってる。でも、どうしても我慢できなくて」

バツの悪さをこらえて切りだした僕に、サラは「光栄だわ」とラフな笑顔を見せてくれた。たとえ内心イカれた男だと思っていたとしても。

「話して」

「僕は生きるために食事をする家に育った。毎日決まった食材、決まった料理が食卓にのぼる家。味をとやかく言うなんて罰あたりだ、神への背信だとみんなが思ってたんだ。でも、僕はこう思った。彼らみたいな人たちほど、時には日常を忘れて晩餐《ばんさん》を楽しむべきじゃないかって。厨房に入りたての頃からずっと思ってたんだ。普段は生きるために食べてる彼らに、月に一度でもいいから華やいだ気分で食卓を囲んでほしい。食事を楽しむことを肯定してほしい。そんな魔法を起こせるような料理をいつか作りたい、って。そう、それが僕の原点だったはずなのに……いつのまにか出世の欲に囚《とら》われて、仕事への情熱もすりへって、僕の料理を食べる人たちのことなんて忘れてた。忘れてたってことを、君のおかげで思い出したんだ」

鬱陶《うっとう》しいことこの上ない身の上話に、サラは注意深く耳を傾けてくれた。励ますでも助言をするでもなく、ただ一緒に答えを探すような瞳《ひとみ》をして。

「すまない。会って間もない君にこんな話をするなんて、やっぱりどうかしてるよな」

別れ際に僕が詫《わ》びると、彼女は「いいえ」と微笑んだ。

「あなた、まともだと思うわ。都会には迷いのない人間が多すぎるだけ」

以来、僕たちはデートを重ね、親しむほどにサラはかけがえのない存在になっていった。

すでに僕は体よりも心の合致を重んじる年齢に達していたし、サラに関しては恋に堕《お》ちたという表現がしっくりこない。恋よりもずっと遠いところへ導かれた。二人でゆっくりと深間へ進み、その先にはかつてない広がりが見えた。

なんといってもサラは強い女だった。鋭く現実を見据える反面、僕と似た理想主義者の顔も持ち、時として僕以上に頑固にもなった。コーヒー一杯を飲むのに味とコストに納得のいくカフェを延々探した挙げ句、テーブルの配置に納得がいかないと引きかえすのがサラだった。

「君はなんとなく僕に似てる。だから好きだし、ときどき疲れる」

ある日、そう打ちあけた僕にサラは弾《はじ》けるような笑い声を返した。

「言ってなかったけど、実は私もブルターニュの女なのよ」

　サラは僕の人生に奥行きをもたらしてくれた。三十五歳にして初めて同志と呼べる異性と巡り会った僕は、彼女が与えてくれる日々の高揚や平穏、他者との共鳴が醸《かも》す「生」の味わいに逐一新鮮な感動を覚えた。一方で、仕事への違和感は解消されずに残り、むしろ日を追うごとに靄の濃度は増していった。

　このまま僕は閉ざされた厨房に立ちつづけるのか。シェフに挨拶《あいさつ》を、と申し出てくれるごく一部の客の顔しか知らずに？

　迷いを抱えた僕はそれまで以上に無口になり、自分の世界にこもりがちになった。気持ちに余裕がないせいかスタッフのミスにも不寛容になり、時に激しく爆発して、あとから落ちこむことも増えた。

　完璧《かんぺき》主義者の僕は大体において人の仕事が気にくわない。できることなら何から何まで自分でやってしまいたい。大勢のスタッフでわさわさした厨房も苦手だ。静寂の中で鍋《なべ》の声に耳を傾けたい。目の前のひと皿ひと皿と丹念に対話したい。

　自分を顧みるほどに、僕は名店のチーフシェフには向いていないのだった。

「通りすぎる日々。通りすぎる人々」

　ある夜、ベッドでサラと寄りそいながらつぶやいた。

「僕の料理も、人々の前をただ通りすぎていくだけ。僕には彼らがそれを本当に食べたって実感すらもないんだ」

「私もよ」

サラは意外な言葉を返した。

「いろんな人に会って取材して、会っては別れて、いつもそうして通りすぎるばかり。若い頃はそれも刺激的だったけど、正直、最近はしんどいの。もっとべつの生き方があるんじゃないかって」

「べつの生き方？」

「どこかに留《とど》まり、根を張りたい。大地に種を蒔《ま》いて実りを待つような、そんな生活を送りたい」

柔らかなオリーブ色の瞳が陽を浴びたように輝いた。ね、とサラは威勢よく上半身を起こして言った。

「あなた、ターブル・ドットに興味はない？」

「ターブル・ドット？」

「前から思ってたの。いつかブルターニュに戻ってシャンブル・ドットを営めないかな、って。素朴で居心地のいい民宿。毎日少数のお客さんを迎えて、彼らがいつでも戻ってこられる故郷になれるような、そんなシャンブル・ドットのおかみさんになれたらいいのにって。でも、あなたと会って考えが変わった。タープル・ドットのほうがずっと素敵よ」

フランスの地方でよく見る小さな民宿。シャンブル・ドットもターブル・ドットもその点は変わらない。大きな違いは朝食しか付かないシャンブル・ドットに対し、ターブル・ドットが温かい夕食を身上とすることだ。

「もちろん、これは私の夢。あなたにはあなたの夢がある。ただ、この二つが重なりあう可能性について、ちょっとでも考えてほしかったの」

僕はそれまでターブル・ドットのことなど考えたことがなかった。興味があるのかさえもわからないほど、それは遠い視野の彼方《かなた》にあった。けれどサラの口からその響きを聞いた瞬間、自分の中にかつてない風が吹きぬけたのも事実だった。

「考える時間をもらえるかな」

「もちろん」

僕は考えた。ブルターニュでサラとターブル・ドットを経営する未来について、来る日も来る日も考えつづけた。具体的な道筋。経済的な問題。成功の可能性。一度決めたらあとに引けない人間は、決めるまでに自分の中で気がすむまで石橋を叩《たた》いておくものだ。

七ヶ月後、ようやく思い定めた僕はサラをオペラへ誘い、帰りの夜道で告白した。

「サラ、決めたよ。君と一緒にターブル・ドットをやりたい」

サラはぎょっとした。

「まだ考えてたの？」

「目の前を通りすぎる人々ではなく、僕たちの宿へ休みに来る人々を料理でもてなす。手ずからサーブして、ひとりひとりの顔を見ながら。考えれば考えるほど、ターブル・ドットは僕にとってひとつの理想なんだ」

ただし、と思いきって言い添えた。

「男としての理想も付け加えれば、ターブル・ドットの礎《いしずえ》となるのは、君との家庭であってほしい。サラ、君がいることが大前提だ。僕を信じて結婚してくれないかな」

瞬時に固まったサラの顔。その緊張が徐々にほぐれていく様を、僕は人生一番の感動をもって見届けた。

やがて彼女の唇がほころび、色づくように顔全体が甘やかな笑みに埋もれた。

「初めて会った日に言ったでしょ。あなたを信用するって」


仕事を辞め、パリを引きあげてブルターニュへ戻った。カンペールの街中にさしあたり二人で暮らすマンションを借りた。ターブル・ドットが完成するまで披露パーティーはお預けとし、ささやかな結婚式だけを済まして二人で祝杯をあげた。

すべてがするすると流れるように運んだ。

僕はすぐに新しい生活拠点に慣れた。パリでの年月が映画か何かのように感じられるほど、久方ぶりに戻った故郷にすんなり落ちついた。そして、それについて自分がどう思うかという以前に、母が生きていたらどう思うのかが常に気になっていた。

ブルターニュの男についていけるのはブルターニュの女だけ。

常々そう言っていた母はサラとの結婚をどう受けとめるだろう。

僕たちの帰郷は？

ターブル・ドットの夢は？

フィニステールの雨は苦い記憶の底に閉じこめていた面影を否応《いやおう》なしに呼び覚ます。

幸い、バロウ家の人々は今も健在だった。僕とサラは先送りした披露パーティーに代えて、カンペールの新居に互いの親族を招き、ささやかなホームパーティーを催した。

「ダメよ、ジャン。部屋の中で三本の蠟燭《ろうそく》を一緒に灯《とも》すなんて、不吉だわ」

「この新居に初めて入ったとき、動物を先に行かせたかい？　犬でも猫でもいい、まずは動物を身代わりに送りこむのが賢明ってもんだよ」

「あなたたちが赤ちゃんを授かるとき、夜空の月が明るく輝いていることを祈るわ」

バロウ家の面々はあいかわらずながらも、今の僕にはどんな世迷《よま》い言《ごと》も笑って受け流す余裕があった。遠い日、死んだ少年にキスさせられた悪夢を思い起こすと、若干、苦い笑いにはなってしまうけれど。

嬉《うれ》しかったのは、僕の料理をバロウ家の皆が口にしてくれたことだ。パートナーや子供連れで駆けつけたいとこたちは、こんな美味《うま》いものは初めて食べたと賞賛さえしてくれた。

「ジャン、腕をあげたな」

「今だから言うけど、昔、おまえの料理に手が伸びなかったのは不味《まず》かったせいもある」

見慣れぬ皿の数々に最初こそ躊躇《ちゅうちょ》していたローラン伯父《おじ》さんとイザベル伯母さんも、パーティーの中盤に差しかかった頃には恐るおそるフォークを差しのべ、みるみる加速をつけていった。その顔はほんのり上気していた。

そんな姿を見るにつけ、改めて僕は彼らのような人たちのために料理を作りたいと思うのだ。生きるために食べる人々。食に娯楽を求めず、毎日同じものを食べる。彼らの選んだその生き方を、今の僕は否定しない。けれど月に一度、いや年に一度でもいいから日常の縛りから解き放たれ、人の手による料理で一息ついてほしい。完全にくつろぎ、安らいでほしい。こんな思いに今ならば母は耳を傾けてくれるだろうか。

「やあ、ジャン。いいパーティーになったたな。お招きありがとう」

ややもすれば心に忍びいる悔恨と闘う僕の横に、シードルのグラスを手にしたローラン伯父さんが立った。

「サラはすばらしいね。あちこちでみんなをもてなしながら、私のグラスが空になる寸前に必ずシードルを注ぎに来る。恐るべき空間把握能力の持ち主だ。きっといい奥さんになるし、いい宿のおかみさんになるだろうよ」

ひとしきりサラを誉めたあと、伯父は「ここだけの話」と声をひそめた。

「昔、君が金髪のパリっ子を連れて帰ったときには、内心、大いに震えあがったもんだよ。君があの子と結婚するなんて言いだした暁には、三日三晩かけて悪魔払いをしなきゃならんと」

僕は耳まで熱くした。

「ローラン、あの子のことは忘れてよ」

「でもな、同時にこうも思った。私だって二十歳やそこいらの頃にあの金髪娘と出会ったら、神に背いてでもデートに誘っただろうって」

「本当？」

「つまり、君は若かったんだ。アネットだってそれくらいはわかってたはずさ」

皺《しわ》の深くまで土を刻みつけた掌《てのひら》を、伯父が僕の肩へ載せる。この胸中を見透かしたような言葉に、僕は素直にうなずけなかった。

「さあ、どうかな。母さんは最後まで僕を誇れずに死んだ。確かなのはそれだけだよ」

「けれど、いつか君を誇れる日が来ることは知っていた。本当さ。ジャンは必ず自慢の息子になる。君のいないところではそう言って君を信じてたんだ」

僕のいないところでは。その事実を喜ぶべきなのか恥じ入るべきなのかわからないまま、僕は息絶える前夜に母が遺《のこ》した言葉をふっと脳裏によみがえらせた。

おまえを認めるときには五枚の白い花びらになって知らせよう。

あれは息子を誇りたい母の切なる思い、死してもなおその日を待ち迎えたいという願望の表れだったのかもしれない。

長い歩みが始まった。ターブル・ドットの実現にむけた遥《はる》けき道のり。

しかし、急ぐことはない。絶えず人を追いたてるパリの時計とはちがい、ブルターニュのそれは決して人を急《せ》かさない。

僕とサラはフィニステール中のターブル・ドットを巡り、主人たちから民宿のノウハウや客のもてなしを学んだ。幾十もの候補地へ足を運んだ末、ありあまるほどの緑に包まれた村で元豪農の廃屋と出会い、規模も立地も申しぶんのないその古屋敷をターブル・ドットに改造することに決めた。契約の三日後には僕とサラの第一子、ジャネットと名付けた女の子が誕生した。

物件さえ決まればあとは持久戦だ。僕はカンペールのホテルにシェフとして雇われ、週に一度の休日を廃屋の改造に当てることにした。貯《たくわ》えにはまだ余裕があったものの、父親の身でそういつまでも無職ではいられない。ホテル勤めはターブル・ドットの経営に役立つだろうとの読みもあった。

週一日、それもしばしば雨に祟《たた》られながらの作業には限界があったが、何度も村へ通っているうちに顔見知りが増え、気のいい男たちが手を貸してくれるようになった。まずは傷んだ屋根を修復し、窓を取り換え、窓枠も組みなおした。床も剝《は》がして張りなおし、三階のロフトスペースを客室に造りかえた。煤《すす》けていた壁にペンキを塗り、壊れた暖炉を修理した。時にはバロウ家のいとこたちも手伝いに来てくれた。

ようやく外装が一段落した頃、僕とサラの第二子が誕生した。今度は男の子でアランと名付けた。牛舎なみに騒がしくなったリビングで、僕とサラは夜な夜な内装の構想をすりあわせた。宿に置くものは例外なく入念に選びぬかれたものであってほしい。椅子一脚、ランプの笠《かさ》一つ妥協はしたくない。パリへ出向いてインテリアショップを梯子《はしご》するもイメージ通りのものは見つからず、結局、家具も自分たちで造ることになった。食堂のテーブル、椅子、食器棚、各部屋のベッド、タンス、小机。近所にいる元大工の協力の下、タダ同然で入手した廃材を組み立て、丁寧に磨いてニスをかけた。

必要なものにはペンキを塗った。サラは子育てに追われながらもカーテンやベッドカバー、クッションなどを自製した。さすがに水まわりだけはプロに緻密《ちみつ》な設計図を託した。

そうして内装も整った頃には三子目の男子、ニコラが生を受けていた。僕はホテル勤務を辞め、カンペールのマンションを引き払い、四人に増えた家族ともどもターブル・ドットの一階へ移り住んだ。ようやく仮住まい生活に終止符を打ち、終《つい》の棲家《すみか》に羽根を休めた。

否、休んでいる場合ではなかった。宿はもう充分に人が住める状態にありながらも、お客を迎えるにはまだ難があった。敷地内に広がる見渡すほどの庭、その大部分が森と見紛《みまが》う荒れ具合だったのだ。育った樹木はできるだけ自然のままに残し、僕たちは丁寧に草を刈っていった。気の遠くなるようなこの骨仕事を上の子供ふたりも手伝ってくれた。すっきりと開けた庭には様々な花の苗を植えた。ブランコやバーベキュー用のテラス席も設けた。

ついに完成したターブル・ドットのお披露目パーティーは、七年にわたって据え置かれていた僕とサラの結婚披露パーティーを兼ねて盛大に行った。会場となった宿の庭を埋めたのは僕たちの親戚《しんせき》だけじゃない。七年の年月が与えてくれた地元の友達も詰めかけ、彼らの協力で成し得た宿の完成を心から喜んでくれた。中には民族衣装のコワフやサボをまとって歌や踊りを披露してくれる村人たちもいた。

通りすぎない人々。土の匂いがする彼らとともに僕らはこの地に根を張り、新たな種を蒔《ま》きつづけ、わかちあえる実りを待つだろう。

盛況のうちにパーティーが終わり、家族手分けしての後片づけを済ますと、僕とサラは月明かりに照らされた庭のテラスで静かな余韻に浸った。ようやくここまでこぎつけた。僕たちの中には揺るぎない達成感があった。と同時に、本番はこれからであることも忘れていなかった。

「最初の一、二年は厳しいでしょうね。来週からオープンなのに、予約はまだ二組だけ。それもあなたのいとこと私の両親だもの」

サラは現実的だった。

「でも、きっと三年目からは部屋が埋まりだす。私はそれを信じてる。だって、本当に素敵な宿ができあがったんだもの。それに、あなたの料理がある」

「最初の二年が我慢どころってわけか」

見通しは厳しいながらも僕たちの声は明るかった。二人とも我慢には自信があったのだ。

「それでね、ジャン。思ったんだけど、どうせなら空いた時間があるうちに、できることをやっておかない？」

「できること？」

「今日、みんなの顔を見ながら思ったの。この宿は地元のみんなのお陰で完成したようなものでしょう。だから私たちもこの宿を通じて、何か地元へのお返しができないかなって」

「お返し、か」

僕はなかば感心し、なかば呆《あき》れてつぶやいた。この奥さんはいつも半歩くらい先から僕をふりかえり、新たな課題を投げかけるのだ。

「たとえば……料理の食材は地元のものを使うとか、そういうこと？」

「そう、徹底して地元産にこだわるとか。あと、よそから来たお客さんを地元の料理でもてなして、食事を通じてブルターニュを知ってもらうとか」

「なるほど。地元の料理か」

僕は考えた。いや、考えるふりをした。本当は考えるまでもなく、瞬時にある一品がひらめいていたのだ。

良くも悪しくも僕の人生に植えつけられたブルターニュの味。

「しょっぱいクレープね」

僕の目を見てサラが微笑んだ。

「あなたのお母さんがこだわりつづけたガレット」

「うん、でもノスタルジーだけじゃだめだ。ガレットの持つ独特の塩気、あれを生かした新しい一品ができないかな。地元のビーツやアーティチョークと組み合わせたりして、サラダ風の前菜に」

「うん、食べてみたい。一刻も早く」

「そうはいかない」

料理への意欲が久々に僕を駆りたてていた。

「まずは黒麦だ。この辺で黒麦を育ててる農家を探さなきゃ」

「そこまでこだわるの？」

「食材は徹底して地元産にこだわる。そう言ったのは君だよ」

僕は常ならぬスピードで早速、翌日から行動を開始した。食材探しも兼ねて近場の農家を一軒ずつ訪ね、黒麦畑に関する情報を求めてまわったのだ。

が、甘かった。昔はフィニステール中にあったといわれる黒麦畑は、今では完全にその影をひそめていた。

「黒麦畑で食べてる農家はもういないよ」

誰もがそう口をそろえた。安い輸入物の黒麦粉が出回りはじめて以来、黒麦を育てても採算が合わず、ほかの作物に鞍替《くらが》えする農家が続出したのだという。遠地へ行けばまだ残っているかもしれないが、それでは地元の食材にこだわるという本旨を逸脱してしまう。

早くも暗礁に乗りあげていた僕に意外な助け船を出してくれたのは、いとこのアンヌだった。ターブル・ドットの一番客として僕たちの宿を訪れた彼女は言ったのだ。

「黒麦だったら昔、あなたの両親が育てていたじゃない」

「うん、でももう四十年も前のことだし、畑はとうに売ってるし」

「その畑を買った人、今でも細々と黒麦を育ててるらしいって話を聞いたことあるけど」

「え、本当？」

果たして本当であった。ローラン伯父《おじ》さんに電話で確認したところ、黒麦畑を継いだのは同郷のギスランさんという男で、もともと僕の両親とは旧知の間柄だったという。父の死後、母だけでは畑をやっていかれないだろうとの配慮から買い取りを申し出てくれたらしい。そして年老い、畑仕事を引退した今も、一部の黒麦畑は手放さずにいるとのことだった。

なぜ今でも黒麦畑を？

この謎は会ってから解くことにした。

逸《はや》る思いでギスランさんへ連絡をした僕は、「ルネとアネットの息子なら大歓迎だ」との返事に甘え、その翌日には黒麦畑を見に行かせてもらう約束を取りつけた。これまた僕らしからぬ早業だとサラには驚かれたけれど、実のところ自分では遅すぎた気がしてしょうがなかった。とてつもないまわり道をしてしまったような。

黒麦畑を見るのは初めてだった。

いや、正しく言えば遠い昔、両親が黒麦を育てていた時代に見てはいたのだろう。少なくとも瞳《ひとみ》に映しはしたはずだ。が、僕はまだあまりに幼すぎ、物心がついたときにはすでに父も畑も失っていた。よって、黒麦に関して僕が持ち得るのは書物から得た知識だけだ。

意外に思われるかもしれないけれど、黒麦は麦の仲間ではない。山羊《やぎ》と鹿くらい種が違う。なのになぜ「麦」が付くのか気になるところだが、もしかしたら小麦粉《ブレ》に黒《ノワ》色《ール》をまぶしたような粉が穫《と》れるため、愛称的に黒麦《ブレノワール》と呼ばれだしたのが発端かもしれない。

実際はその形状も性質も麦とは似ても似つかない。そもそもイネ科の麦に対して黒麦はタデ科に属し、穂を持つかわりに花を持つ。日本では黒麦粉から作る麺《めん》が古くから親しまれている。

と、知識としてはわきまえていた。

しかし、ギスランさんに導かれて黒麦畑の前に立った瞬間、それでもやはり僕は大きく息を呑《の》み、呆気《あっけ》に取られずにはいられなかった。

仄《ほの》かに黄味を帯びた温かな緑色。

子供の掌ほどもある豊かな葉。

その先端に点々と連なる小さなつぼみ。

目前に広がっていたのはかつて見たことのない未知なる植物の群生だった。押しあいへしあいするように葉を絡ませて地面の土を隠し、圧倒的な生命力を空へと立ち昇らせている。

「これが、黒麦……」

「そう、これが黒麦だ」

魅せられ、立ちつくす僕にギスランさんが言った。

「どこでも育つし、放っておいても伸びていく。これほど頼もしい作物はほかにない」

確かに頼もしい光景だった。麦の穂が風を受けて織りなす優雅な波のような、あの整然とした美しさはここにはない。一葉一葉が勝手に陽を浴び、思い思いに風に吹かれてざわざわ踊っている。その奔放な躍動に命の力がみなぎり、むせかえらんばかりの生気を発散する。まるで手を伸ばせば伝わってくる確かな熱のような。

「あと二週間もすれば花が咲き、二ヶ月で実が穫れるだろう。それであんたがガレットを作りたいなら、いくらでも好きに持っていけばいいさ。どうせ趣味の畑だし、ルネとアネットの息子に役立ててもらえるなら本望だ」

白い髭《ひげ》をたくわえた口元を笑ませるギスランさんに僕は尋ねた。

「なぜ趣味で黒麦畑を？」

「さあ、なぜだろうな。ブルターニュの代名詞でもあった黒麦がどんどん消えていく。それに抗《あらが》いたかったのかもしれん。それに、この畑にいるとアネットを思いだすんだ」

「母を？」

「自由気儘《きまま》で、生命力に溢《あふ》れてて。黒麦はアネットに似ているよ」

遠き日を偲《しの》ぶようにまぶたを閉じるギスランさんの横で、僕は瞳を瞬かせた。

「それ、本当に母のことですか？　僕の母は自由どころじゃありませんでした。土着の因習に縛られて、迷信にふりまわされて、毎日汲々《きゅうきゅう》として」

「それはルネが逝ってからの話だろう。夫婦で黒麦を育ててた頃のアネットは、それはそれは生き生きとした跳ねっかえり娘だったよ。歩くのもじれったそうにそこいら中を駆けまわっていた。ルネと一緒に畑を広げて、いつかブルターニュ中を黒麦で埋めつくしてやるんだって息巻いてたもんだ」

「母さんが……」

信じがたい思いで再び黒麦畑へ目を馳《は》せた。埋もれるような緑の中を駆けめぐる若き日の母をそこに描くも、僕の知る母とは一致しない。けれど、その母も確かに存在した。何者も恐れず、何物にも縛られずに輝いていた時代。母の幸福な記憶は黒麦の中にあったのだ——。

「こう言っちゃなんだがね」

ギスランさんが声を落とした。

「バロウ家で居候生活を始めてから、アネットは苦労したと思うよ。農園で汗する傍ら、信心深いローランたちに合わせて足繁く教会へ通って、一家の習わしにも従って。そうして彼らと同化することで、一人息子のあんたを守ろうとしたんじゃないのかな。あんたがバロウ家の人々に受けいれられるように」

僕は息を止めた。まるで一瞬、静かに死んだように。

「僕のために？」

「もうひとつ……一度だけ、アネットが私に洩《も》らしたことがある。この世で一番怖いのは息子に死なれることだ、と。ルネを若くして亡くしたアネットは、いつだって死の影に怯《おび》えてた。その影からあんたを守るためならば、どんな迷信にだってすがりつく気でいたんじゃないのかな」

「……」

緑だけだった。魂が抜け落ちたような僕のうつろな瞳に捉《とら》えられるのは、一面の緑だけだった。僕はその緑に吸われるようにゆらりと足を進め、緑の中へ沈みこんだ。膝《ひざ》を折り、緑の底に手を突き、崩れるように頭《こうべ》を垂れる。目の下にちらりと白い光が灯《とも》った。早咲きの花。無数のつぼみが緑に抱かれている中、一株だけが茎の先に白い花をいくつもまとっている。

僕は震える掌でそれを包み、小さな白い花びらを数え、そして慟哭《どうこく》した。

ヨハネスブルグのマフィア

始まりから、終わりが透けていた恋だった。この男は私にとてつもない何かをもたらし、そして奪っていく。与えられた分だけ私は失う定めにある。それを確信しながらも、抗《あらが》えず私は恋に堕《お》ちた。出会いのときからすでにこの胸は喪失感で満たされていたというのに。

別れのときから遥《はる》か長い歳月を経た今も、彼との日々を冷静にたどるのはむずかしい。彼の声。彼の匂い。彼の肌。すべてが薄れた今もなお、振り返れば反射的に体が微熱を帯びる。

まさか四十路《よそじ》を目の前に、あんな恋愛に浚《さら》われるとは思いもしなかった。十代の恋も、二十代の恋も、あれほどまでに私をもみくしゃにはしなかった。あの九ヶ月間のあなたはどうしちゃってたの？　幾人もの女友達から投げかけられた問いに、私はいまだもって答えることができずにいる。本当に、一体全体、どうしちゃっていたのだろう？

彼の記憶はまるで雨の打ちつける窓越しに眺めるずぶ濡《ぬ》れの街みたいだ。そこに色濃い陰影を透かしながらも、輪郭はおぼろに煙っている。予定。順番。約束。関係性の永続につながる要素を嫌った彼との過去は、熱や光や闇と同じ気体のようにつかみどころがなく、頼りない。順を追ってたどれる線など端《はな》から存在しない。

鮮明なのは最初と最後の点だけ。

その二点を胸の深くに抱いているだけで、私はこれからも微熱を秘めた女としてありつづけられる気がするのだった。

最初の点は東京湾に面した東京港湾合同庁舎だった。色気のかけらもない場所ながら、人間は恋の始点を選べない。庁舎の八階には検疫所があり、その日、私はそこで黄熱病の予防接種を受けることになっていたのだった。

大気が湿りはじめた梅雨の入口だった。仄《ほの》かに白い曇り空の下、庁舎のビルは実に杓子《しゃくし》定規な風情でかちんとそびえていた。正面入口を守る警備員も、舎内を行き交う人々も、まるで端と端をきっちりそろえた折り鶴のように折り目正しく見えた。

空気が一変したのはエレベーターで八階へ降り立った瞬間だ。受診室前の廊下にはあらゆる年齢、あらゆる服装の老若男女がひしめいていた。スーツ姿があれば軍服もあり、ミニスカートがあれば今時めずらしい裾《すそ》広がりのパンツもある。ざっと見、およそ二十人。彼らが私と同じ目的でそこにいることは、長机を囲んで競うように問診票へ記入している様子からうかがえた。

これだけの人が黄熱病予防を必要としている、という事実に私はしばしぼうっとした。ゴールデンウィークは過ぎ去り、お盆休みはまだ遠い。この中途半端な時期に彼らは一体どこへ行くのだろう？

かくいう私は南アフリカとタンザニアを巡る旅を控えていた。十五年間勤めた商社が前月に倒産し、元同僚とやけくその傷心旅行を計画したのだ。実際に仕事のない日々が始まり、頭が冷えてくるにつれて失業保険を浪費している場合ではないと焦りだしたものの、元同僚の決意はかたかった。

「すみません。一時半から予約の石川です」

もう引き返せない、と覚悟して係員に声をかけた私は、「収入印紙は購入済みですか」と問い返されて戸惑った。

「収入印紙？」

「まずは二階の売店で購入し、再びこちらへ来てください」

予防接種料は現金ではなく収入印紙で支払うシステムになっているらしい。この「ひと手間」がまさしくお役所仕事だと妙に納得しつつ、私はエレベーターで二階へ下り、売店で一万八百三十円分のそれを購入した。それから再び八階へ引き返し、収入印紙を貼りつけた申請書と問診票を提出。二、三の問いに答えたのち、こちらでお待ちください、と待合室へ通された。

無機質な空間にパイプ椅子を並べただけの部屋には、待ちくたびれた大勢の顔があった。どうやら廊下にいたのはごく一部にすぎなかったようだ。硬質の沈黙をかきわけて後方の空席に座ると、すぐ後ろから誰かの舌打ちが響いて、びくんとした。前後左右、どちらを向いても苛立《いらだ》ちが伝わってくる。数秒ごとに腕時計を眺める会社員。不安げに視線を泳がせている老夫婦。忍び声で文句を言い合っている制服の自衛官たち。じっとしているのに倦《う》んだ人々は肩を揺らしたり、足を組みかえたりと、どこかしら体を動かしている。

唯一、左斜め前の男だけが身じろぎもせず読書に耽《ふけ》っていた。その確固たる静止ぶりに興味を引かれ、何を読んでいるのかと目をやると、開かれたページには横書きの英字が綴《つづ》られていた。

それが満員電車の中かどこかだったら、あるいは、これ見よがしに洋書を開く姿に私は反感を覚えていたかもしれない。ただでさえ、彼は黄色みがかったワイシャツの胸元から浅黒い肌を覗《のぞ》かせ、軽く体を傾けて足を組み、そこはかとなく気障《きざ》な気配を匂わせていた。

黄熱病の予防接種を待つ人々の中でこそ、しかし、その姿は一種独特の気品を湛《たた》えていた。誰もが本来待ちたくもない何かを待たされている中で、彼だけが待つことから解き放たれている。まるで一足先に遠い旅先へ降り立ったみたいに。時折、カルテを手にした係員が現れ、受診室へ率いる十数人の名を呼びあげる際も、彼だけは物欲しげにその唇の動きを凝視したりはしない。三十分、一時間と時が進むにつれ、その姿はいよいよ輝きを増した。いつ見ても彼は微動だにせず本の世界へ籠《こ》もっていた。微動だにしないことの不自然さに思い至ったのは、入室から優に一時間半が経過した頃だろうか。

何かがおかしい。はたと気づいた私は注意深く彼を観察した。そして悟った。彼が本のページを一度もめくっていないことを。

なんで？

唖然《あぜん》とし、脱力した私の手の内からバッグが床へ滑り落ちた。静まり返った室内にばさりと音が鳴り渡り、彼が肩越しにこちらを振り返る。

目が合うと、彼は野原で小動物と遭遇した獣のような笑みを浮かべた。

一矢で射られ捕らわれ食らわれてしまうような手強《てごわ》いまなざしだった。

ようやく私の名が呼ばれ、受診室へと通されたのは午後三時半。待合室でかれこれ二時間もの時を浪費したのちだった。同時に案内された十数名の中には彼の顔もあり、私は得体の知れない不安に駆られて視線をそらしつづけた。

受診室でも待ち時間はなお続いた。

「この予防接種は通常の注射よりも痛みが強いです」

「強力なワクチンですので、高熱、発疹《はっしん》などの副作用が出る恐れもあります」

「今日は飲酒や運動をお控えください」

にわかに緊張を帯びてきた人々と共に看護師の説明を受け、一人ずつカーテンの奥へと通されるのを待ち——三時五十分、ついにぷつりと針が刺さった。

注射は言うほど痛くはなかった。

が、それでもまだ「待ち」は終わらなかったのだ。

「くりかえしますが、今日は飲酒、運動を控えて、副作用にも注意してください。念のために全員、三十分ほどここで休んでいってもらいます」

結局、目的の黄色いカードを配付された時には、時計の針が四時半をまわっていた。有効期限十年の予防接種国際証明書。黄熱病感染の恐れがある地域への入国にはこれが必携となる。

「皆さん、お疲れさまでした。お気をつけてお帰りください。くれぐれも本日の飲酒と運動は控えてくださいね」

晴れて自由の身となった私は、ダメ押しする係員を尻目《しりめ》にそそくさとその場をあとにした。外の空気を吸おうと急いだせいか、乗りこんだエレベーターの中には私しかいなかった。と思いきや、扉が閉まる直前に長身痩軀《そうく》の体が滑りこんできた。

彼だった。

光のような速さで私をその目に捉《とら》えるなり、開口一番、彼は言った。

「あのさ、憂さ晴らしにこのあと、ちょっとビールでも飲んでかない？」

低音の、それでいて甘い声だった。逃れようのない至近距離から見据えられた私は息を殺して凝固した。なんと唐突な、なんと無茶な提案だろう、と。なのに、一秒も迷わなかった。最初の瞬間から私は拒絶するという選択肢を持ち得なかった。

エレベーターが音もなく一階へと降下し始めた時、私は自分がもっと深いところへ堕ちゆくことを意識した。

ビールでも、と言いながらもその夜、彼は日本酒をしこたまあおり、私もそれにつきあった。看護師の忠告は頭に残っていたものの、なにしろ私は失業中の身で、翌日の仕事を思いわずらう必要もなかった。体調を崩したら崩した時のこと、後から一人で苦しめばいい。彼の誘いを受けた時点で覚悟は決めていたのだ。

彼も彼で看護師の注意などは気にもかけていなかった。

「二回目なんだよ」

その日、私を行きつけらしい築地《つきじ》の寿司《すし》屋へ伴った彼は、カウンター席につくなり吐息まじりに打ちあけた。

「十年前にも同じ予防接種を受けてる。あの日も帰りに飲んだけど、別になんともなかったし。ま、副作用で五日間寝こんだって奴もいるにはいるけど」

「五日も？」

「しかしなあ、十年経ってもあの役人仕事は変わんねえな。なんで注射打って帰るだけのことに三時間もかかるんだ。あの効率の悪さ、アフリカの空港係員といい勝負だよ」

覚悟がなければきっと、ついさっき知り合った女にこれほど気安く語らう男に恐れを抱いたことだろう。後から一人で苦しむ覚悟がなかったら。

「なぜ本を開いていたんですか」

私は彼に尋ねた。

「読んでいないのに、本を」

バレてたか、と彼は顎《あご》をあげてカッと笑った。笑うと唇のすぐ横にえくぼが生まれ、四十は過ぎているであろう男の顔に少年の面影がよぎる。

「数頁は読んだよ。けど、毎度のことだけどすぐ気がそれて、いつのまにか仕事のことを考えてる。謎なんだけど、本を開いていると俺、妙に集中できるんだよ、考え事に」

「洋書でしたよね」

「うん。日本にいるときは英語を、海外では日本語を読むことにしてる。なんつうか、バランス？」

「かっこつけてるわけではなくて？」

「もちろん、それも大いにある」

板さんがちょこちょこ出してくれる肴《さかな》をつまみに、私たちはとりとめのない会話を重ねた。晴海埠頭《はるみふとう》の話。住んでいる町の話。私がもといた会社の話。

ありふれた倒産劇を語り終えたところで、彼が私に訊《き》いた。

「で、貯金を切り崩してどこ行くの？」

「タンザニアと南アフリカ。参加者少ないみたいだけど、一応、ツアー旅行です」

「へえ。南アなら俺、月に二回は行ってるよ」

「お仕事ですか」

「うん。別に南アには用がない出張でも、大抵、ヨハネスブルグの空港には立ち寄ってる。アフリカじゃ俺、南ア航空以外ぜんぜん信用してないから」

アフリカ大陸を中心に貿易の仕事をしているという彼は、私にヨハネスブルグで宿泊する予定はあるのかと尋ねた。

「はい、一泊だけ」

「じゃ、空港ホテルだな」

「なんでわかるんですか」

「ほかは治安が悪すぎるから。知ってると思うけど、ヨハネスブルグのダウンタウンは世界最悪の危険地帯だ。俺だって足を踏み入れたことないよ」

「一度も？」

「一度でも足を踏み入れてたら、今、ここにはいない。自殺志願者以外はダウンタウンへ立ち寄らないってのが鉄則だ。俺はダウンタウンでタクシーを降りて十秒後に射殺されたアジア人を知ってるよ」

香ばしい焼き白子をつまんでいた私の箸《はし》が止まった。

「大丈夫。ダウンタウン以外はそこまでひどくない。ただし、ヨハネスブルグの空港でスーツケースを預けるときは用心したほうがいいよ。かなりの確率で鍵《かぎ》を壊される」

食欲をなくしかけていた私に、彼は滔々《とうとう》とヨハネスブルグ空港の無法ぶりを語った。彼自身も、彼の仕事仲間も、一度ならずスーツケースを開けられた経験があるらしい。むしろヨハネスブルグで預けた荷物が無傷で到着するほうが稀《まれ》だという。

「空港関係者の仕業ですよね。わかってるのに、なんで警察は放置しているんですか」

「そりゃ町中の殺人事件ですら放置してる警察だからさ。それに、件数が多いわりには、空港内の盗難はさほど大事に至らない。奴らのやり方にはある種の節度があるからだと俺は思ってる」

「節度？」

「たしかにスーツケースの鍵は壊す。中身も荒らす。けど、奴らは意外と何も取らないことだって多いんだよ。マフィアの狙いは闇ルートに流せるカメラや双眼鏡だ。それ以外に金目のものがあっても手を出さない。長期的に仕事を続けていくための、ある種のプロ意識だと俺は思うよ」

アフリカの地で孤軍奮闘してきた彼は、そうしたマフィアのやり方にどこかしらシンパシーを抱いているようだ。必要と不要を厳しく峻別《しゅんべつ》する。必要なものだけを確実に奪い、不要なものには指一本も動かさない。要するに、無駄なことはしない。いつしかそれが仕事における彼自身のポリシーにもなったと言う。

「その代わり、仕事以外の時間は思いきり無駄に過ごすんだ。無意味なこと、非生産的なことに情熱のあらんかぎりを注ぎこむ。ほんと、バカばっかりやってきたよ。つまり、なんつうか……」

「バランス、ですか」

「うん」

薄く微笑んだ彼が手を差しのべ、私の唇についていた何かをぬぐった。刹那《せつな》、その親指の温度にときめきよりも疼《うず》きを覚えている私がいた。

ここで今、出会ったばかりの女と語らっている時間は、彼にとって明らかに「無意味」「非生産」「バカばっかり」のジャンルに属するものだ。未来永劫《えいごう》、それ以上には成り得ない。この男は決して女に有意義な何かを求めはしない。

今ならまだ間に合う。衝動的に私は腰を浮かしかけた。ヨハネスブルグのマフィアから命からがら逃げだす娼婦《しょうふ》のような気分で。

しかし、私が席を立つよりも早く、カウンター越しに声がした。

「そろそろ何か握りましょうか」

はたとかたまった私の横で、彼は一秒も迷わずに注文を口にした。

「じゃあまず、イカ、エビ、タコね」

イカ、エビ、タコ。

逃走直前で気勢をそがれ、私はぼうっと放心した。イカエビタコ。なんとシンプルで、なんと邪気のない、なんと健やかなトリオだろう、と。

およそ寿司通の選択からは遠くかけはなれている。だからこそ余計、その飾りのなさが胸に響いた。強面《こわもて》のマフィアがこっそり内ポケットへ忍ばせていたロリーポップでも垣間見《かいまみ》たかのように。

イカエビタコ。イカエビタコ。立ち去る気力を失った私は自棄《やけ》気味に日本酒をあおりつづけながら、不安が寄せるたびにその六文字を頭の中で転がした。イカエビタコ。イカエビタコ。イカエビタコ。まるで何かの厄払いのように。

後になってからこの夜、私が誘われるままホテルへ同伴した理由を、彼が大きくはきちがえていたことを知った。彼は世界を股《また》にかける冷徹な仕事人の魅力、及びそのトーク術をもってして私を幻惑したものと思いこんでいたのだった。とりわけヨハネスブルグのマフィアの話には絶大な自信を持っているらしい。決め手はイカエビタコだったのに、と思いながらも、私はそれを秘めたままでいた。実は少しも女心をわかっていないところ、自己分析のどうしようもない甘さも含めて、ぶきっちょな雛鳥《ひなどり》みたいな彼をすでに愛していたからだ。男の欠陥に目をつぶれない年齢に達して初めて、欠陥ごと男を愛する醍醐《だいご》味を知った。

しかしまあ、イカエビタコの夜へ話を戻せば、彼は確かにベッドの上で冷徹な仕事人だった。情熱よりも実技で、言葉よりも指先で女を愛する男だった。国籍を超越したその技巧はかつてない肉体の目覚めをも喚《よ》び起こし、私は自分の中にいまだ手つかずの領域が多々残されていた事実に瞠目《どうもく》した。眠らせておくには惜しい資源をはらんだ土壌。

「禁じられた飲酒と運動と、両方やっちゃったな」

長い長い交わりが終わると、彼は私に問いかけた。

「俺、今夜はここで寝るけど、あなたも泊まってけるの？」

「え」

どうやら家庭人ではなさそうだ、とホッとしながらも返事に窮した。男とは朝を迎えない。それが当時の私の基本スタンスだった。クールに一線を引いていたわけではなく、単に、横に誰かがいると気になって眠れないタチだったのだ。寝息。体温。身じろぎ。相手の気配を感じるほどに眠りから遠ざかり、鉛色の気だるい朝を待ちわびることになる。

「家の枕じゃないと眠れないの」

迷った末に打ちあけた。

「もともと寝付きはよくないんだけど、外だと、余計に目が冴《さ》えちゃって」

ああ、と彼はこともなげに返した。

「考えちゃうんだな」

「ううん、別にたいしたことは……」

「じゃなくて、脳が勝手になんか考えてるんだよ」

「脳が？」

「そう」

「そうなのかな」

「そうなんだ。俺も昔は寝付きが悪くてさ、けど、独自の方法で克服したよ」

「独自の方法？」

「脳の勝手を許さない方法。知りたい？」

「ええ、まあ」

半信半疑でうなずいたこの時は、夢にも思っていなかった。こうして伝授された彼オリジナルの言葉遊びのようなものに、そののち、自分が救われることになるなんて。彼から授かった方法で彼のいない幾多の夜を切り抜けることになるなんて。

「まずは一つ、言葉を頭に思い浮かべる。なんでもいい。たとえば、花。つぎに、その花とまったくつながりのない言葉を浮かべる。たとえば、屋根。で、つぎはその屋根とつながりのない言葉。ちりめんじゃこ、とか。それを延々続けていくんだ。注意するのは、関連性を生まないこと。気をつけてないと植物だとか食べ物だとか、どうしても傾向が偏ってきちゃうから」

「それで眠くなるの？」

「うん。まったく関連性のない言葉を連ねるのって、結構、疲れるんだよ。で、勝手を許されない脳のストレスが眠りを喚《よ》ぶ、と俺は思ってる。ちょっと一緒にやってみようか」

雨、と彼が言うので、とっさに「虹《にじ》」と返した。

「ダメだよ。空でつながってる」

「じゃあ、夢」

「バッファロー」

「時計」

「水たまり」

「イカ」

「コーヒー畑」

「タコ」

「ダメ、魚介に偏ってる」

「じゃあ、カーテン」

「竜巻」

「指輪」

「ドミニカ共和国」

「バナナ」

「南国で連想しただろ」

「じゃあ、ピロシキ」

「食いものが多いな。腹へってる？」

「ちょっとね。椅子」

「歯磨き粉」

「履歴書」

「むしず」

「むしずって？」

「むしずが走る、のむしずだよ」

「はあ。花火」

「遠洋漁業」

「出口」

「妖怪《ようかい》」

「東京タワー」

「足の指」

「ワクチン」

「その調子。あとは一人で続けて」

そうささやいて数秒後、彼は私を置き去りにして一人眠りに落ちていた。私の意識もほどよく濁って、軽いまどろみがひたひたと忍び来るのを感じる。勝手を許されない脳のストレス？

私は一人で続けた。夜。海。電信柱。砂。封筒。卵。たらこ。じゃなくて、鏡。枕。銀行。サファリ。腕。日本酒。イカ。じゃなくて、崖《がけ》。鳩。映画。口紅。満員電車。ピッチャー。カバ。銀座。セザンヌ。机。ジム。砂漠。氷。虫歯。財布。照明。スーツケース。鍵《かぎ》。じゃなくて、電話。地球儀。階段。薬。ストッキング。失業保険。ホープ岬。雑誌。雪。防虫剤。引っ越し。電子レンジ。窓。高杉晋作。ガラス。ペットボトル。ポスト。手紙。じゃなくて、救急車。残業。星占い。セール。雷。ブラシ。鍋《なべ》つかみ。タコ焼き。白熱灯。車。ワンピース。丸太。ハサミ。紅茶。図書館。富士山。テレビ。猫。海賊。ごま。指。観覧車。銀杏《いちょう》。満月。えんぴつ。手帳。じゃなくて、毛布。校舎。クマンバチ。水族館。タコ。じゃなくて、凧《たこ》。サンダル。土。バスケットボール。やかん。飛行機雲。ピアノ。甲子園。写真。ミシン。三島。どんぐり。靴ひも。水筒。自転車。合唱。一番星。朝顔。落とし穴。台風。サンタクロース。土手――。

うっすらと何かが寄せてくるような、水に光が差しこむような、薄膜がはがれるようなあの感覚があって、瞼《まぶた》を開くと、朝だった。男と同じベッドでさわやかな目覚めを迎えた。その事実にまず驚いた。しかも、私の腕は彼の腕とまだ触れ合っていて、エアコンの冷気で体がひんやりしている中、その一部だけが痺《しび》れるように熱い。

時計を見ると、午前八時。失業以降は家のベッドでもそんなに眠ったことはなかった。自分にあきれつつデジタル時計の「8」と向き合っているうちに、それが永遠を表す記号のようにも見えてきて、私はすうっと気が遠のくような思いであぁ、こんなこともあるのか、としみじみ感じ入ったのだった。この年齢になってもまだこんなことが起こるのか、と。

昨夜、体の奥部が発見した悦《よろこ》びも、男と肌を合わせての深い眠りも、私には初めてのものだった。三十九年と二ヶ月生きてきて起こらなかったことも、三十九年と三ヶ月目には起こりうる。とすると、この先も私はまだまだ新規の何かと出会っていけるのではないか。

一語で言うならば、希望。もしかしたら人が人に与え得る最大のギフトかもしれないそれを、出会って二十時間とせずに彼は私に与えた。それは掛け値なしにすごいことだった。出来すぎなほどだった。が、帳尻《ちょうじり》は合っていた。出会って二十一時間とせず、私は希望と同じサイズの絶望をきっちり彼から与えられたのだから。

「旅行、いつからだっけ」

ホテルを出た私たちは駅に近いベーカリーの飲食コーナーで朝食を共にした。たっぷり寝たせいか二日酔いもなく、私は生まれたてのように新鮮で、元気で、それはそれは無防備に胸を弾ませていた。

「十日後。まだ時間はあるの」

あってよかったとの意を滲《にじ》ませた私に、しかし、彼は真逆のニュアンスで返した。

「十日なんてあっという間じゃん。そっちの帰国と入れちがいで、今度は俺が出張って感じだろうから、つぎに会うのはひと月後くらいかな。また連絡するよ」

また連絡する。彼があっさり口にしたそのひと言は、受けいれがたい三つの事実を私に知らしめていた。

一、彼は十日以内に私と会う気はない。

二、彼は自分の出張スケジュールを私に教える気もない。

三、彼は現段階でつぎの約束を取りつける気もない。

「そういえば、タンザニアにキャッサバって芋があるんだけどさ、それがなかなかうまいんだ。味はさっぱり、淡泊なのに適度な粘りがあって、慣れると結構、クセになる。見かけたら試してみてよ」

涼しい顔で話の矛先を変え、まったくどうでもいい芋の話を始めた彼に、私は表面上は難なく相づちを打ちつづけたと思う。すがりつくような瞳《ひとみ》や、うらめしげなそぶりは見せずにいたはずだ。

が、内心はしおれきっていた。舞いあがった分だけ等しく沈みこんだ。その高低差はその後九ヶ月に及ぶ彼との関係を象徴するものだったけれど、そんな未来が透けていてもなお、別れ際に堂々キスをされた瞬間、私の心は再びぴんと天を目指していたのだった。懲りもせず。

そう、この始まりの小さな点の中に、すでに何もかもがひそんでいた。あるいは、私は最初の二十余時間ですべてを受けとってしまったのかもしれない。高揚、熱情、興奮、不安、希望、絶望、虚脱――本来ならば時をかけて小出しにもたらされるべきそれらを、彼を知って丸一日と経ずに貪《むさぼ》り尽くしてしまった。

その後に私を襲った嵐のような恋は、言ってしまえば、最初にもたらされたそれらの反復にすぎなかった。際限のない追体験の連続だった。時に魔法のような幸福に酔ったり、時に彼を刺したくなったりと振り幅は揺れても、基本の要素は変わらなかった。彼が変わらなかったからだ。

浮いては沈み、沈んでは浮かび、私はいくらでもそれをくりかえした。もはや浮上不可能なほどの深みへ突き落とされるまで。立ちあがる力の最後の一滴をも絞りきるまで。

そして、限界が訪れた。わかりきっていたことだった。たとえいいように振りまわされただけにすぎなかったとしても、私にはわかりきっていたことを徹頭徹尾やりぬいたという達成感すらあった。

パート先の会社から正規雇用の打診を受けた数日後、私は自ら彼に別れを告げた。その時は引きとめなかった彼から三週間後、何事もなかったように電話でホテルへ誘われても、揺れながら、泣きながら自分を留《とど》まらせた。さらにひと月後、携帯電話が表示した彼の着信を無視できたときには、これで終わりにできると心底救われた思いがした。この先も苦しみは長く続くだろう。けれどのっぴきならない峠はどうにか乗りこえたのだ、と。

全幅の力で、死ぬ気で勝ち取った彼との最後だった。

しかし、本当の「最後」はその十年後、思いもよらない形で私を待ちうけていたのだった。


人間は恋の始点を自分では選べない。同時に、終点も選ぶことはできない。

その日、私が東京港湾合同庁舎を訪ねたのは、前月で有効期限が切れた黄熱病の予防接種国際証明書を再び手に入れるためだった。

十年前と似た薄曇りの午後だった。しゃちほこばった庁舎の佇《たたず》まいにも変化は見られなかった。唯一、前回と違ったのは私に連れがいたことだ。

「まずは二階ね。検疫所は八階だけど、その前に売店で収入印紙を買わなきゃいけないの」

エレベーターで「8」を押そうとした夫に私はしたり顔で説明し、これから自分たちを待ちうける意識が遠のくような待ち時間への心得を説いた。

当然、本も持参していた。念のために文庫本を二冊。空腹に備えて売店ではキャンディも購入し、水筒は要らないのかと夫にからかわれた。

お役所仕事も多少は進歩したのか、結果的には前回よりも若干早く、一時間半の待ち時間で受診室へ通された。その一時間半も、受診室で順番を待っているあいだも、私はひたすら読書に集中していた。まるで十年前の彼の姿を模倣するかのように。だから気づくのに時間がかかった。

ひりつくような視線を感じたのは注射を受けたあと、前回同様、念のために三十分の休憩を課されていた時だ。

壁に沿った長椅子で読書をしていた私を、廊下をはさんだ向かいの席から誰かが見つめていた。

ふっと目を向けた私の肌が発熱した。

彼だ、と頭が認めるよりも早く、体の内側が震えていた。

まさか——。そんなバカな。なんで？　よりによってここで？　でも、彼だ。あのまなざし。あの唇。あの顎《あご》のライン。見まがいようがない。

最初は奇跡のようだと思った。まるで運命だ、と。けれど自分でも驚いたことに、彼と離れて過ごした年月は私に多少の理性を与えていた。これは単なる偶然だ。前回の予防接種を同日に受けたことを思えば、同じ時期に更新を迎えるのは必然とさえ言える。

乱れた心を整えながらよく見ると、彼の顔には十年の長さが如実に刻みこまれていた。組んだ足の上で洋書を広げ、気障《きざ》な風情に変わりはないけれど、前よりも窪《くぼ》んだ瞳や口元の皺《しわ》に年相応の老いが沁《し》みている。無論、私の顔にも同じものが見て取れるはずで、つまり私たちはあれから十年の時間を別々に生きた。

胸の鼓動が収まるにつれ、じわりと温かい同胞意識のようなもの、あるいは共犯者意識のようなものが寄せてきた。横にいる夫に怪しまれない程度に、私は何度も彼と視線を絡ませた。目が合うたびに心は鎮まり、やがては可笑《おか》しくなってきた。東京港湾合同庁舎の検疫所で強固につながれた縁。これじゃそれ以上にも以下にもなりようがない。

笑いを噛《か》み殺しているうちに、係員が黄色いカードを配りはじめた。

「副作用に気をつけて、くれぐれも今夜は飲酒と運動を控えてください」

懐かしい文句に思わず微笑んだその時、夫の胸ポケットで携帯電話が着信音を奏でた。

「得意先だ。ちょっと、ごめん」

夫が足早にその場を離れ、私は壁の長椅子にかけ直した。とたん、実に自然なさりげない動きで誰かが横に腰を滑らせてきた。

振りむく前から彼だとわかった。

「奇縁だね」

久々に間近で見つめ合い、私たちは同時に苦笑した。

「ほんと、嘘みたい」

「久々にビールでもどう？」

「三人で？」

「いいけど、彼氏？」

「夫」

「へえ。結婚はいつ？」

「先月。入籍だけだけど」

「じゃあ、新婚旅行か。アフリカ？」

「そう。私は七度目」

「そうか。アフリカにはまったたか」

「うん。でも、今でも……」

今でも旅のあいだには眠れない夜があって、そんな時にはあなた伝授の方法で脳の勝手を封じこめているの。

喉《のど》までこみあげた言葉を呑《の》みこんだ。口に出したが最後、彼に伝えたい心の声がとめどなく溢《あふ》れだしそうだったから。

十年前の別れ以降、彼の残り香を追いかけるようにアフリカ大陸を何度も訪ねたこと。そこでの出会いや風景に救われ、支えられて今の自分があること。なのに結婚した相手はごく身近な職場の同僚で、アフリカとは縁もゆかりもないサラリーマンであったこと。一度は僕もアフリカへ行きたい、できれば君との新婚旅行で。ひと月前にそんなプロポーズを受けたとき、自分の年齢を気にして躊躇《ちゅうちょ》した私の胸を、かって彼がもたらしてくれた希望が照らしてくれたこと——。

四十九年と二ヶ月間生きてきて起こらなかったことも、四十九年と三ヶ月目には起こりうる。起こってもいいのだ、と。

「今でも？」

言いかけてやめた私に彼が続きを促し、私は別の言葉を探した。

「今でもあなた、ヨハネスブルグのマフィアみたいに生きてるの？」

彼は答えずに吹きだした。口の横にえくぼができる、昔のままの笑みだった。

「あのね、ずっとあなたに言いたかったんだけど、私、ヨハネスブルグの空港でこれまで二回、スーツケースの鍵《かぎ》を壊されてるの。一度目は殺虫剤を、二度目はチーズおかきせんべいを盗まれてた」

「うーん。それは、マフィアじゃなくて雑魚《ざこ》の仕事だな」

真面目くさった顔で彼が言い、今度は私が吹きだした。

廊下の先から足音と共に夫の声が聞こえ、滑らかな挙措で彼が腰を浮かした。風のように立ち去る直前、彼は私の手の甲に一瞬だけ掌《てのひら》を重ねた。痺《しび》れるように、焼きつくように、今でもそこが火照っている。

気分上々

また誤解された。依林《イーリン》にうらまれた。

給食の時間、配膳《はいぜん》台で八宝菜をよそっていたオレの前に、依林が盆を持ってきた。ざくっとひとすくい、おたまのはしっこに彼女のきらいなニンジンを見たオレは、なにげなくゆすって落としてやろうとした。ところが、ニンジンはしぶとくそこにへばりついたまま、代わりにうずらの玉子がふたつ、ころころっと鍋《なべ》の中へ転がり落ちた。

「あ」

立波《たつなみ》中学校二年B組の給食係五ヶ条において、配膳中の「おたま二度すくい」は厳しく禁じられている。

しょうがなく、オレはうずらの玉子を失って魅力半減の八宝菜を依林の皿へ盛った。

とたん、血走った吊《つ》り目でにらまれた。とりかえしのつかないことをした人間を、とりかえしのつかないことをされた人間がしばしばきたおすみたいな目つきだった。

あいかわらず勝気な女だ。すごく好みだ。うずうずする。

いや、うずうずしてる場合ではなかった。

「ちがうって。オレはよかれと思って、その、ニンジンを……」

言いかけて、黙った。これは言いわけだ。オレはぺらぺら弁解をしようとしてる。そう思ったとたんに口が止まった。

「ドケチ野郎」

依林はオレにキツい一語を放ってパンの台へ流れた。

完全に誤解された。たかだか給食の配膳で、たかだかうずらの玉子ふたつを出し惜しむほどケチな男だと思われた。最悪だ。

それでもこの口は空洞みたいにやる気をなくしたままで、しゃべるってことにも、誤解を解くってことにも、すっかり自信をなくして立ちつくしてるオレがいた。言葉ってのはチャリのチェーンと一緒で、使ってないとさびついてくるもんだ。

親父のせいだ、とオレは鍋の中で白目をむいてるうずらの玉子を見下ろしながら思った。それもこれもみんなあの遺言のせいなのだ、と。

「柊也《しゅうや》、いい男になれ。いい男はむやみにぺらぺらしゃべらない。グチも弱音も吐かない。なにがあっても言いわけしない。男は黙って我慢だ」

約四ヶ《か》月前、病床の親父からいかにも今際《いまわ》の言葉っぽく言われたとき、オレは心で「ふる」とつぶやいた。親父の理想とするいい男像はあまりに古くさい。今どきそんな男はウケないし女にモテないし就職もできないかもしれない。

長いこと家具工房に勤めていた親父は、もともと頑固一徹の職人かたぎで、「男は黙して語らず」「背中でものを言う」「不器用な男ですから」みたいな世界をリアルに生きてた人だった。そして親父より九歳下の母親とひとり息子のオレは、そんな親父を日々おちょくることで楽しく生きてきたんだ。

「お母さん、またお父さんが高倉健みたいなこと言ってるよ」

「生まれてくるのが遅すぎたのよね。ちょんまげの時代にでも生まれてたら、ちょっとはお父さんにも需要があったのかもしれないけど」

「黙して語らないのはいいけどさ、電話に出たときはもしもし、くらい言ってくんないと。オレの友達、すげえ親父のこと怖がってんだけど」

「おばあちゃんから聞いたんだけど、高校生のときお父さん、盲腸こじらして大変だったらしいの。痛いなら痛いって言えばいいのに、ヤセ我慢するから処置が遅れて、病院へ運ばれたときは虫垂が破裂する寸前だったって」

ってな調子で、ある意味、親父は我が家におけるいじられキャラだった。

が、さすがに病床の遺言はおちょくるわけにもいかない。

肺に問題が見つかってからの四年間、親父はよくなったり悪くなったりする病気と無言で闘いつづけた。たしかにグチも弱音も吐かずに耐えてきた。病魔撃退の希望が薄れた最後の一年は、ひとり静かに覚悟を決めて、オレや母親にも少しずつ腹づもりをさせようとしてきた感がある。祖父から継いだ土地を売ってマンションのローンを完済したり、大事にしてきた仕事道具を職場仲間にゆずったり、五十年来の古銭コレクションを地元の博物館へ送りつけたりと、こつこつ身辺の整理もしていたらしい。

その仕上げが例の遺言だった。

「安心して、お父さん。柊也は絶対、約束を守るわ。お父さんみたいないい男に必ずなってくれるから」

いつも親父の時代錯誤っぷりを高らかに笑い飛ばしていた母親が、このときばかりは声を震わせて泣きくずれたのも無理はなかった。

信念のままに生きた親父の死に顔は誇らかだった。満を持して死んだ人の顔だった。だからオレも母親も騒がしい悲しみかたはせず、淡々と葬式をして、淡々と骨を拾って、淡々と香典返しの品なんかを決めることができた。親父の入院が長かったせいで、母子ふたりの家庭にも慣れていた。母親はそれまで以上に仕事に精を出し、オレは片親をなくした少年として学校のみんなにほんのり同情されながらも、すぐにそんなことも忘れられて、いろんなことがあっけないくらいすばやくもとへもどっていく、はずだった。あの遺言に調子を狂わされたりしなければ、きっと。

「柊也、いい男になれ。いい男はむやみにぺらぺらしゃべらない。グチも弱音も吐かない。なにがあっても言いわけしない。男は黙って我慢だ」

まさか母親があれをうのみにするとは思わなかった。

遺言の威力ってやつなのか。死を前にした親父がここぞとばかりに息子へ遺《のこ》した教えは、「って言われてもオレはオレだし」と心でぼやいてたオレよりもむしろ、そばで泣いてた母親に多大な影響をおよぼしたみたいだ。

「柊也、お父さんに言われたこと忘れたの？　つまんないことぺらぺらしゃべってないで、たまには勉強しなさい」

「弱音は吐かないって、お父さんと約束したでしょう」

「そんな言いわけしてるようじゃ、いつまでたってもお父さんみたいないい男になれないわよ」

生きてる親父を「いい男」なんて言ったことなかったくせに、親父が死んで母親は変わった。親父を美化して、それだけならいいけど、生きてるオレまで美化しようとしてる。オレを親父に近づけたら、まるでもうひとりの親父ができあがるみたいに。

めんどくせえ、と思いながらもオレはなんとなく母親に弱くて、親父が死んでからの母親はとくに弱くて、はっきり期待をくじくことが言えない。ガキっぽく逆らって悲しい顔をされたくないし、母子家庭にいらぬ波風も立てたくないし。

ま、いっか。オレが遺言を守るふりをして、それで母親の気がすむんなら。

そんな妥協の精神で親父ごっこをはじめたのが運の尽きだった。

あの親父の息子だけあって、もともと、オレもそんなに器用じゃない。どこかで「ごっこ」のサジ加減をしくじったらしく、だんだん本気で親父の言葉に囚《とら》われはじめた。母親の前だけ、みたいな切りかえもうまくできなくて、家でも学校でも、だれに対しても、なにか言おうとするたびに親父の渋面にじゃまされる。

そもそも、むやみにぺらぺらしゃべるなったって、いったいどこからが「ぺらぺら」なのか。何ワード以上か。なにが「むやみ」でなにが「むやみ」じゃないのか。なんてことを考えはじめたら、だれとなにをどうしゃべればいいんだか、さっぱりわからなくなってしまった。

グチや弱音がNGってのも、中学生活では不都合が多い。オレは友達と「つまんねー」「かったりー」「マジわかんねー」などとグチを吐きあうことで日々、友好を深めてるわけだ。文句を言わずになにごとにも黙々と取りくむ中学生なんて、どんなに仲間ウケが悪いだろう。

女ウケも悪い。

今の時代、男はトークだ。芸能界を見たって、賢そうな美人と結婚してるのはお笑い芸人ばっかりだ。うちのクラスの女子たちも、なんだかんだ言って陰気な二枚目より陽気な三枚目のまわりに集まる。

かくも大事なトークをオレは親父から取りあげられた。自然、オレのまわりにはだれも集まらなくなり、中学生活から女子との楽しいおしゃべりタイムが消えた。それどころか、へんな誤解まで広まった。オレがまだ親父の死を引きずってるとか、父親をなくしたショックのあまり性格が変わったとか。言いわけNGのオレには誤解を解いてまわることもできない。

一番の損失は、やっぱり、依林《イーリン》だ。依林とオレは小一からクラスが離れたことがなくて、オレはひそかに赤い糸かってくらいのキズナを自負してたのに、この四ヶ月で状況は一変。親父の皮をかぶったオレに依林は冷たく、どんどん距離が空いていく。そこにつけこむようにして、クラスで一番チャラい翼《つばさ》って男がやたら依林へ接近しはじめた。気のせいか依林もまんざらじゃなさそうに見える。

おい、親父、この事態をどうしてくれるんだ。

死後の世界へ訴えようにも、親父の答えは聞かずとも知れていた。

「男は黙って我慢だ」

しかし、ついに我慢も限界のときがきた。

十一月二十二日。朝からスカッと晴れわたっていたこの日は、本当だったらオレにとって、ひさびさにスカッと気分のいい一日となる予定だった。毎日ろくなことがないけど、負けずに生きてればいいことだってある。生きててよかった。そんな恵みの一日になるはずだったんだ。

ケチのつきはじめは、翼とのはちあわせだった。

放課後、オレは学校からまっすぐ家へ帰って私服に着替え、じりじりと時間がすぎるのを待って、五時二十七分にふたたび家を出た。目的地までは徒歩三分。なのに、不運にもそのわずか三分のあいだに翼とばったり出くわしてしまった。

「お、柊也。ひとり？　ひまそうじゃん。ちょうどよかった、オレこれから中華街にメシ食いに行くとこなんだけどさ、おまえも一緒に行かね？　急にドタキャンしたヤツがいて、三人じゃいまいち盛りあがんねーし、四人のほうがいろいろ食えるしさ。な、いいだろ。おまえも行こうぜ、行こうぜ」

人の肩に気安く手をまわし、うむを言わせず連れていこうとする。

「行こうぜゴーゴー！」

このお調子者とは小学生のころ何度か遊んだことがあるだけで、中学に入ってからはたいした会話もしていない。一応、おなじクラスではあるけど、たがいに仲のいい友達のメンツもちがう。どちらかというとお笑い系の友達が多いオレに対して、翼は長髪のファッション系。髪を脱色したりしてワルぶってるけど、クラスの枠をこえた学年単位で通用する本物のワルとはちがう。そのくせ教室でデカいツラをしてる翼を、オレはおもしろ半分の薄ら笑いでながめてきたけど、ヤツが依林にちょっかいを出しはじめてからは笑ってもいられなくなった。

給食も一緒に食う気がしないこいつと、なんでオレが晩メシを食わなきゃならないのか。

心で吐きすてながらも、どういうわけだかこのとき、オレの足は翼と一緒に歩きはじめていたのだった。

三人じゃ盛りあがらない、と翼は言っていた。ってことは、ヤツがむかう先の中華街にはもうふたりがいる。そのひとりは依林《イーリン》なんじゃ……と思ったとたん、体が翼へなびいていた。

「んでさあ、もう発売当日に三十分で完売。ソールドアウトよ。矢代《やしろ》なんか泣くほどくやしがっちゃって、そりゃねーよってメーカーに抗議のメール百通以上送りつけたって、あいつ確実にクレーマーの血が流れてるよな、モンスターペアレンツの息子だけあって」

中華街というと一般的には元町《もとまち》のイメージが強いけど、実際にはかなりの広範囲に中国系の店が散っている。真っ赤なパーカでしゃれこんだ翼の無駄話を聞きながら歩くこと二十分、オレは首都高をこえた山下町《やましたちょう》の外れにある一軒のチェーン店に連れられて入った。美食園《びしょくえん》って名前のまだ新しそうな大型店で、入口の前ではカーネルサンダースおじさんの二倍くらいあるパンダの人形が「歓迎！」のプレートを掲げている。最近、中華街のあちこちで目にするパンダだ。人気のチェーンらしいけど、この手の店に依林がメシを食いにくる可能性は低い。

はたして、その店内に依林の姿はなかった。

「お、翼。遅かったじゃん」

フロアせましとひしめく円卓のひとつで翼を待っていたのは、おなじクラスの加島《かしま》って男と、ほかのクラスの知らない男だけ。

華のないそのメンツをひと目見るなり、がっかりしすぎて視界が暗んだ。赤や金色のぎんぎらした内装もオレにはすすけて見えた。

「あ、そういえばオレ、あんまり金持ってないし、やっぱり……」

帰るわ、と言うよりも早く、翼がにんまり笑った。

「だいじょうぶ。金のことは気にすんな」

その言葉どおり、ヤツは通りかかった店員を呼びとめ、豪快にあれもこれもと注文しはじめた。四川《しせん》風焼き豚。広東風かに玉。上海風やきそば。北京風春巻。なんでもありの無節操なメニューながらも、値段が安いせいか七時を前にして店内は若い客層でにぎわっている。

帰るタイミングを逸したオレは男子四人の晩メシにつきあうはめになった。さんざん頼んだわりに翼は運ばれてきた皿に手をつけようともせず、加島たちとの無駄話のためだけにその口を開閉しつづけた。クラスの女子がどうの、メールがどうの、髪型がどうの。ノリの軽さを張りあうような会話を聞き流し、どう考えても残りそうな料理をせっせと食らっているあいだ、げっぷとともに苦い後悔が何度も何度もこみあげた。

オレはこんなところでなにをやってんだ？

もしも翼に会わなかったら、今ごろ、オレはうちのすぐそばにあるズッチャンの家にいるはずだった。そのリビングで友達と五人、楽しくテレビを囲んでるはずだったんだ。

「父親の部屋からとてつもなくエロいDVDを発見した」とズッチャンが鼻息荒くオレたちに報告したのは、かれこれ半年前のこと。「ハンパねえ」「おまえら、吐くぞ」とさんざん自慢してくれたズッチャンに、たまりかねたオレたちは「だったら見せろ」と迫った。以降、ズッチャンの家族全員が留守にする夜を待ちわびてきたのだった。

出不精のおばさんに泣かされながらもついに到来したチャンス。今ごろ、ズッチャンちではとてつもなくエロいDVDの特別鑑賞会がはじまっていることだろう。はたしてどれほどのエロさなのか。みんな吐いてるのか。

ぬけがらみたいな頭でぼうっと考えていたオレは、一緒に円卓を囲んでいたひとりが消えたことにしばらく気づかなかった。

あれ、加島は？　ふとそう思ったつぎの瞬間、ほかのクラスの知らないヤツがすっくと立ちあがって席を離れ、円卓にいるのはオレと翼のふたりになった。

いやな予感がしたのは、知らないヤツがトイレのほうへと身をひるがえす直前、翼とへんな目配せを交わしたときだ。

あ、こいつら、やべえ。直感的にそう思った。

あんのじょう、加島と知らないヤツは何分経っても帰ってこなかった。フロアはいつのまにか満席状態で、全体的にわさわさしているせいか、オレたちの円卓からふたりが消えても怪しまれてる様子はない。客の数にくらべて従業員が少なすぎるため、店員たちはあっちこっちで呼び声をあげる客の対応に追われている。オレは中華街でメシを食うなら清花飯店《せいかはんてん》って決めてるもんで、ほかの店のことはよく知らないけど、こんなに食い逃げがしやすい店ってのもそんなにないんじゃないか？

胸のあたりがぞわぞわしてきたオレに、そのとき、翼がささやいた。

「リラックス、リラックス。軽いゲームだからさ」

悪びれない声色ながらも、翼は食い散らかした皿の上で視線をぶらぶらさせたまま、オレの顔を見ようとしない。

「こんなの聞いてねーぞ」

「だっておまえ、オレの話なんかどうせ聞いてないじゃん」

「え」

「じゃ、オレも行くから、おまえもうまくやれよ。コツはスリルを楽しむこと。最後のひとりはスリルもでかいぞ」

待てよ、と引きとめるオレを無視して翼が腰をうかす。客でごったがえした円卓の陰から陰へ、赤いパーカが水の中を泳ぐように移ろい、見えなくなっていく。

そして、円卓にはオレだけが残された。


どうする？

これ以上の深みはないってくらいの後悔のどん底で、五分ほどオレは真剣に悩んだ。五分で答えを出したのは、店員たちの目が気になっていたたまれなかったのと、どんだけ悩んでもおなじことだと見切ったのと、両方だ。

オレはこんなゲームに乗る気はなかった。もともとスリルなんか求めちゃいなかった。今日のオレが求めていたのはエロスだ。とてつもなくエロいＤＶＤに血湧き肉躍っても、こんな小ずるい遊びになんかツバ一滴も催さない。オレを勃《た》たせないゲームに乗せられてたまるか。

オレは円卓の隅にある伝票へ手をのばした。あせりすぎて指がうまく動かず、一度は取り落とした。二度目にしてつかむと、その指先の力がぬけないうちに席を立ち、レジにいた男の店員に言った。

「すみません。金が足りません」

「足りない？」

「すみません」

それしか言えずに頭をさげた。

翼たちには腹が立つけど、ヤツらのことをぺらぺらとチクる気はなかった。親父の遺言を持ちだすまでもなく、あんな誘いにつられた時点で、やっぱり責任はオレにもある。

「とりあえず、あるだけ払って、足りないぶんはあとから払いに来ます。一度、家に帰って金、持ってきてもいいですか」

まだ若いのに店長の名札をしている茶髪の男は探る目をしてオレを見た。長々と、まじまじとながめまわして、それからぼそっとつぶやいた。

「たしか四人いたよな」

気まずくオレは目を伏せた。そんな表情もじっくり観察したあげく、店長はオレの手から伝票を取りあげた。

「いいよ、ここはオレが立て替えとくから、足りないぶんはあとからで。けどな、いやなときは最初からいやだって言わなきゃダメだぞ」

なにからなにまで見透かされた思いがした。オレは顔を赤くして財布からなけなしの一二〇〇円を支払い、家の住所と電話番号を言い残して逃げるように店を出た。

翼が頼むだけ頼んで箸《はし》もつけなかった料理の総額は五九八〇円だった。


ダッシュで来た道を引きかえした。ほんの一時間ちょいのあいだに街はどす黒い闇に沈んでいた。派手な看板が立ちならぶ通りにやたらカップルが目につくのは、クリスマスが近いせいなのか。

なんだかぜんぶがじゃまくさかった。カップルも、家族づれも、ぎらついたネオンも、「王様のブランチで紹介されました」の幟旗《のぼりばた》も、信号の赤も、信号の青も。むかむかしながら走ったり歩いたりをくりかえしてると、ジャケットの内側から熱と一緒にオレの匂いがもわっとあふれて、それもまたじゃまくさい。

ようやくマンションへ帰りつくなり、エレベーターを待たずに403号室まで階段を駆けのぼった。薬剤師の資格を持つ母親は午後から薬局、夜は深夜営業のドラッグストアでパート勤めをしていて、十一時半まで帰らない。自分の部屋へ直行したオレは机の引きだしに忍ばせていた封筒から五千円札をぬきとった。親父が生前、母親に内緒でくれたこづかいのへそくりだ。

山下町へのUターンにはチャリを使った。これなら五分であの店へもどれる。翼には明日《あした》、学校で話をつけるとして、とにかく今は早いとこ店長に返すもんを返してすっきりしたかった。

ところが、チャリを走らせて一分と経たずに、前輪のライトがふたつの人影を照らしだした。

ひとつは見知った顔だった。

樋口《ひぐち》だ。

あれ、なんで？

へんだな、と目をこらすも、道の向こうから歩いてくるのはやっぱり樋口だった。

三十代くらいの太ったおっさんと連れだっている。

「樋口」

呼ぶと、おっ、とむこうもオレに気づいて手をあげた。

「柊也じゃん」

「おまえ、こんなとこでなにやってんの」

樋口はズッチャン宅での特別鑑賞会に参加中のはずだ。もうお開きになったのか。っていうか、このおっさんは何者だ？

わけがわからずふたりの前で自転車を停めたオレに、樋口は「柊也こそ」とのんきな口調で返した。

「なんで来なかったの？　家に電話したんだよ」

「あ……と、悪い。ちょっと、急用ができちゃって」

「ふうん。で、もう用は済んだの？」

「あ、いや……」

「済んだなら、柊也もおいでよ。これからズッチャンちに行くとこだから」

「ズッチャンち？」

「特別鑑賞会だよ」

「終わったんじゃないの」

「まだはじまってないよ」

「はじまってない？」

オレを待っててくれたのか、と一瞬思ったけど、そんな義理がたい連中ではなかった。

「それが、ありえないハプニングが起こってさ。いやもうほんとに、聞くも涙、語るも涙ですよ」

いとも悩ましげな樋口の話を聞くにつけ、オレの目にも涙が……というのはうそで、口もとがにやけてしょうがなかった。

本日午後五時半、オレをのぞいた樋口、近藤《こんどう》、涼平《りょうへい》の三人は、約束どおりにズッチャン宅へ集合した。一応、五分はオレを待ったものの、電話をしても出なかったため、見切りをつけて上映会を開始。と、そこでよもやの事態が起こった。

DVDが映らない。いくら再生ボタンを押しても画面は真っ青なままで、タイトルさえもあらわれない。なんと、故障していたのだ。

よりによってこんなときに、と四人はテンパりながらも額をつきあわせ、どうにかならないもんかと知恵をしぼりあった。が、DVDプレーヤーの修理なんて自分たちでできるわけがない。絶望にかられた近藤が「叩《たた》けば直る」とプレーヤーを蹴《け》りつけそうになったところで、樋口が「そういえば……近所に、機械に強いまたいとこがいる」と言いだしたのだという。

「そしたら、そいつを今すぐ連れてこいってみんなが騒ぎだしてさ。断ったら暴徒化しそうだったし、オレもほら、いやって言えない性格だしね。それがいいとこでも悪いとこでもあるって言われるけど」

ってことは……。

オレは樋口の横でバツが悪そうにうつむいてるおっさんへ目をやった。

「またいとこ……さんですか」

無言でうなずくまたいとこに代わって、「ノボルくん」と樋口が紹介した。

「フリーでコンピューターシステムエンジニアやってんの」

すかした肩書きだけど、見た目はただのオタク男だ。髪がぼさっと長く、体はずんぐりむっくりで、ちょっと右へかたむいて歩いている。

「これからズッチャンちにもどるとこ。柊也も行こうぜ。いいとこで会ったよ」

たしかにタイミングはばっちりだ。神のおぼしめしとしか思えない。が、神よ、とオレは心で呼びかけた。今のオレにはほかに行かねばならないところがあるのです。これは男と男の約束なのです。

オレの心はたしかにそう呼びかけてたのに、なんてことだろう、オレの足は樋口と一緒に来た道をもどりはじめていたのだった。

しかも、

「あ、ども、よろしくお願いします」

なんて、こびた笑みまでうかべて。

ども、とひと言、またいとこも返した。それっきり、ズッチャンの家に着くまで二度と口を開けなかった。

「いやあ、すっげえなあ。ＤＶＤプレーヤーってそんなに簡単に解体できちゃうんだ。

やっぱプロはちがいますね」

「機械いじれる人ってかっこいいよなあ」

「またいとこさん、紅茶のおかわりはどうっすか？　コーヒーは？　あ、炭酸ものでも買ってきましょうか」

ズッチャン宅に降臨したまたいとこをみんなが熱烈大歓迎し、下にも置かないもてなしをしたのは言うまでもない。持参した工具でまたいとこがDVDプレーヤーの修理に入っても、みんなはぴたっと彼をとりかこみ、ひたすらへつらいつづける。直すまでは絶対、逃がさねーって構えだ。とりわけ野球部をサボってきた近藤と塾をサボってきた涼平は意気ごみがちがった。

あさましい。

とか言ってるオレ自身もそうとうあさましい。

どれだけ誘惑に負けたら気がすむんだと、オレはほとほと自分にあきれていた。ここぞってときに心をうらぎる体がにくかった。にくみながらも、しかし、オレの両目はとてつもなくエロいDVDのカバー写真に釘《くぎ》づけなのだった。タイトルは『無修正・今宵《こよい》も気分上々』。

「またいとこさん、お手伝いできることがあったらなんでも言ってくださいね」

ひさびさに親父の皮を脱ぎすて、オレはみんなと力を合わせてまたいとこを励ました。またいとこがテンションを下げないように、疲れて投げやりにならないようにと最大限の気配りを尽くして。が、待てど暮らせどDVDプレーヤーが息を吹きかえす兆候はなく、終始無言だったまたいとこは次第に「うー」とか「あー」とかネガティブなうなり声をあげはじめて、いいかげんオレたちもダレてきた。

「あのう、またいとこさん。あと一時間くらいでうちの両親、帰ってくるんですけど。ちょっとマキ入れてお願いできますかね、マキ」

「ここまで来たらプロ根性、見せてくださいね。またいとこさんだって、観たいから来てくれたわけでしょ」

「やべえ、オレ、またいとこの『また』がやらしく聞こえてきた」

「あのう、せめて、その、解体したのを組み立てて帰ってくれますよね」

みんながバラバラなことを言いだすと、またいとこのうなり声も頻繁になって、額にデブ汗がういていく。

「無理でしょ、この人。樋口、おまえもっとべつのまたいとこはいねーのか」

「そこまでオレの親戚《しんせき》筋に頼られても……」

「もとはといえばズッチャンちがプレーヤーのメインテナンスを怠ってるからさあ」

「なんだよ、それ。せっかく人が好意で鑑賞会、開いてやったのに」

「そりゃいいよ、ズッチャンは、一度観てるから。一度吐いときゃ充分だろうよ」

みんなが完全に理性をなくし、ただ女の裸が観たいだけの獣と化したところで、とうとうまたいとこがブチギレた。おー、おー、おー、と低いうなりが続いたと思ったら、

「オレは、そんなもん、いっぱい持ってんだ」

妙に甲高い声で吐きすて、ぐわっと立ちあがって出ていってしまった。

「おーい、ノボルくん、待ってよう」

「だから、せめて組みたてててってって！」

樋口とズッチャンが同時にまたいとこのあとを追うと、残された近藤と涼平、オレの三人はしらけた顔をつきあわせた。特別鑑賞会が決行不可能と決まったとたん、この場にいるというだけで、たがいがとてつもないまぬけヅラに見えてきた感じ。

「帰るか」

「だな。もう塾も終わるころだし」

「このへんに独居老人はいないかな」

「え」

「オレたちにDVDプレーヤーを貸してくれる気立てのいい独居老人はいないものだろうか」

まだ最後の望みにすがっている近藤に、八秒くらい考えてから、オレは「無理だ

な」とつぶやいた。

「うん。無理だな」

となりでくりかえした涼平はなにげに涙目だった。

もう十一月の下旬だってのに、夜気はけっこう柔らかい。風はそこそこひんやりしてるけど、震えるような寒さじゃない。

その涼風に当たったとたんに頭が冷えた。とてつもなく愚かな道草をくってしまった。

みだらな夢から目覚めてみれば、今のオレは一刻も早く金を返しにいかなきゃならない身の上にある。

なにやってんだよ、オレ。ズッチャンちで二時間以上も棒にふってしまったオレは、今さらながらあせりまくってチャリをこぐ足を力ませた。特別鑑賞会への未練をふりきる思いで山下町まで突っ走る。

美食園へ到着したのは、午後十時十分。当然、まだ開いてると思っていた店の窓明かりがやけに薄暗いのを見て、ぎくっとした。チャリを降りて歩みよると、入口の前で店員がふたり、「歓迎！」のプレートを裏返したパンダを店内へ運びこもうとしている。

閉店、早すぎんだろ。

ふいうちのパンチをくらった気分になりながらも、オレは店員のひとりに聞いた。

「あの、店長さんは……」

「あ、もう帰りましたよ」

そのあっけないひと言で、オレは自分があの人をうらぎったことを知った。

かえすがえすもオレはなにをやってるんだ？

なんでこんなことになっちまうんだ？

だれが、なにが悪いんだ？

翼か。

樋口か。

ズッチャンか。

またいとこか。

もとはといえば親父か。

いやオレだろうとわかってるぶんだけやりきれず、オレはふたたびチャリを走らせながらもまっすぐ家へ帰る気になれずに、おなじ界隈《かいわい》を堂々めぐりしつづけた。金は明日《あした》、あらためて返しにいくとしても、今日でなきゃ返せないもんだってあった。もしも親父があの世からオレを見てたら、青筋立ててぷるぷる震えてるかもしれないし、ぶくぶく泡を吹いてるかもしれない。

夜を深めた山下町はネオンの数も減り、人気もまばらになっていた。料理屋以外の商店はのきなみシャッターを下ろして、通りをそぞろ歩く連中からは酒に酔ったような声ばかりが聞こえてくる。さっきのカップルたちはみんなホテルへ消えたのか。田舎者は田舎へ帰ったのか。親がいるヤツは親のもとへ、子がいるヤツは子のもとへ帰ったのか。

知らず知らず、ハンドルをにぎるオレの手は石川町《いしかわちょう》のほうへと舵《かじ》をきっていた。依林《イーリン》の両親が営んでいる清花飯店。運がよければ、週に何度か店の手伝いをしてる依林がいるはずだ。

依林のことを考えたとたん、依林のことしか考えられなくなった。それ以外を頭からしめだし、オレは勇んでチャリのタイヤを高速回転させた。今度こそ依林と会えますように。そうひしと念じながらも、実際、その店先に彼女の顔を見たときはまぼろしかと思った。

依林は清花飯店の一階から二階へのびる外階段に座っていた。ちょっとひと休みといった風情で、ぼうっと足もとの暗がりをながめていた。依林、とそのまぼろしじみた顔に呼びかけると、五秒くらいしてやっと目をむけ、にこりともせずに口を開けた。

「らっしゃい」

「ごめん、腹はすいてない」

「あ、そう」

「休憩中？」

「今日はもう閉店。ひますぎて」

「あいかわらずか」

「そ。こないだこの通りでまた一軒、つぶれたよ」

チマキが絶品だったのに、とつまらなそうに言う。このご時世、中華街でも個人でやってるところはどこも経営が厳しいらしく、安値で勝負のチェーン店ばかりが客をさらって拡大していくと、いつか依林ママもこぼしていた。

「そこ、座っていい？」

オレは店先にチャリを停め、外階段を目で示した。

「べつに中でもいいよ。食べなくても」

店内へとうながす依林に「いいから」と首をふり、二段目にいる彼女の一段上に腰かける。

「なんか、ひさしぶりだな。依林と話するの」

「そうかもね」

「いつ以来かな」

「あんたがしゃべらなくなって以来でしょ」

「あ、そっか」

「なんか用？」

直球の問いに言葉がつまった。なんか、というほど立派な用はない。

「いや……ちょっと、話が、さ」

「どんな話？」

ふたたび言葉がつまった。どんな、というほどの話もない。と思ってたのに、

「その、翼のことなんだけど」

とっさに口から飛びだしていた一語に自分でも驚いた。翼？

「翼がなに？」

「いや……」

「なによ」

オレが聞きたい。そりゃあいつのことは頭にからみついてるけど、依林にそんな話をする気はなく、動揺したオレは我ながら恥ずかしいことを口走った。

「最近おまえ、あいつと仲いいよな」

「は？」

「いや……その、よく教室でしゃべってるから」

「はあ」

「廊下でも。下駄箱でも」

「……」

「傍目《はため》には仲よさげに見えるっていうか」

「そう見える？」

「うん」

「じゃあ、そうなのかもね」

「そうなんだ」

「そうかもね」

「マジで？」

「しつこいよ」

「趣味わりい」

「なにそれ」

「翼はねえだろ。言っとくけど、あいつはタチわりいぞ」

結局、黙ってらんなくなったオレに、依林はさらりと言ってのけた。

「でも、あそこんちお金持ちだし」

「なんだよ、それ」

「それに四人きょうだいの大家族だし」

「なんなんだよ」

「きょうだいってあこがれなんだよ、中国じゃ」

オレにつむじをむけていた依林がふりむいた。年寄りっぽい割烹着《かっぽうぎ》と小学生みたいなショートヘア、それに野獣じみた瞳《ひとみ》のアンバランスにぐっとくる。

「中国にいるあたしのいとこ、みんなひとりっ子なんだ。親戚《しんせき》も、他人も、若いのはみーんなひとりっ子。だから大家族って興味津々なんだよ。それに現実問題、家族が多いと食事の量も多いし」

「食事の量？」

「翼んち、両親ふたりとも帰りが遅いから、ここんとこ翼がしょっちゅう、うちから出前とってくれてんの。あそこんちエンゲル係数高いし、バカになんないんだよ」

「はあ。あいつ、そんなことを……」

さっき美食園でえげつないゲームをしていた翼が、一方で清花飯店の売上げに貢献している（親の金で）。いったいあいつはどうなってんだ？

「依林、翼はやめとけ。あいつはやばい。なんかゆがんでるって」

意外にも依林はすんなりうなずいた。

「わかってんのかよ」

「うん。わかってるよ」

「わかってる。翼って金持ちだしきょうだい多いし顔も悪くないし、基本、恵まれてるのに、性格ゆがんでるんだよね。だからあたしと合うっていうか」

「合う？」

「あたしも性格、ねじまがってるから」

依林が声を立てて笑った。口から下だけで間に合わせてるみたいな笑いかたは昔から変わらない。笑っていようが泣いていようが、こいつの瞳はふてぶてしげにいつもどこかをにらんでいる。

小学一年の教室で初めて顔を合わせたときから、依林は異質な中国人の女の子だった。場所柄、外国人はさほどめずらしくない学校ではあったけど、うちのクラスじゃ依林ひとりだった。そのくせ自分が本流で、異質なのはおまえら全員だって顔をしてた依林を、無性にオレはいろんな厄介事から守ってやりたくなったんだ。

オレが出る幕もなく、しかし、依林は持ち前の強気で自分を守りつづけた。日本で生まれた彼女には言葉の壁もなかったし、とにかくべらぼうに強かったし、でいじめられることはなかった。むしろ女子たちからは頼りにされていた。男子とはよくケンカもしてたけど、たいがいは依林が勝って相手を泣かしていた。

小学三年のときに一度だけ、ケンカで負けた依林を見たことがある。相手は四、五人の男子で、ひとりじゃかなわないからつるんで攻撃に出たらしい。昼休み、外で遊んでたオレが教室へもどったときにはすべてが終わっていた。髪がぼさぼさの依林は血をにじませた足で泣きながら壁を蹴《け》りつけていた。

「やりかえしてやろっか」

オレが声をかけると、依林は言った。

「じゃあ、あいつらギャクサツして」

あたしもねじまがってるからと依林が言ったとき、オレの頭をかすめたのはそのひと言だった。小三のオレには意味がわからず、辞書を引いてからおののいた一語。けど、それは依林個人のねじれじゃなくて、もっと大がかりにこんがらがってるなにかなんじゃないのか。

「おまえのねじれと、翼のねじれはちがうよ。ぜんぜん底がちがう」

妙なくやしさに声が力んだ。

「ミソもクソも一緒にすんな、バカ」

「なにむきになってんの、バカ」

「中国四千年の歴史が泣くぞ、バカ」

「意味わかんないよ、バカ」

「翼ごときのねじれにたぶらかされんな、バカ」

「うざいよ、バカ。あんたみたいにまっすぐなのはうざい」

「オレのどこがまっすぐだよ」

オレは男同士の約束をやぶってとてつもなくエロいDVDに魂を売ってきた男だぞ、と喉《のど》まで出かかったところで、階上からカンカンと足音が降ってきた。見あげると、健康サンダルみたいなのを引っかけた依林のママが下りてくる。やば、と身を隠そうにも隠すところがなく、目が合ってしまった。

「あ……こんばんは」

気まずく頭をさげると、依林ママは無言でふっと笑った。依林ママは日本語が流《りゅう》暢《ちょう》だし店の中だとけっこうしゃべるのに、一歩外へ出ると中国語しか口にしようとしない。

依林ママが中国語でなにか言い、依林もなにか言って立ちあがった。そのまま二人してどこかへ歩み去ろうとするので、

「帰るのか」

オレはあわてて呼びとめた。

「帰るんじゃなくて、行くの」

「どこに」

「翼んち」

「は？」

「器の回収。今夜のぶん」

は？　とオレは重ねて不快感を表した。翼のヤツ、だから美食園じゃ一口も食わなかったわけか。

「器、わざわざおまえが回収に行くのか。こんな時間に？」

「いつもじゃないけど、行けるときはね。あそこんち日中は留守だし、あたしが行くと翼がよろこぶし」

「どんなサービスだよ」

「っていうか、あたしだって翼に会いたくないわけじゃないし」

数歩先を行っていた依林ママの足が止まった。残念ながら空耳じゃないらしい。どうだとばかりにオレの反応をうかがう依林に、オレは望みどおりの表情を返していたと思う。このドS女にほれこんで八年、これで何度目の傷心か。

けど待てよ、と反面、オレはなおも依林の言葉じりにすがってもいたのだった。依林は「会いたくないわけじゃない」と言ったんであって、積極的に「会いたい」と言いきったわけではない。「会いたい」と「会いたくないわけじゃない」とのあいだには、「むやみ」と「むやみじゃない」くらいのギャップがあるのではないか。「好きです」は愛の告白だけど、「好きじゃないわけではありません」はむしろ断り文句とも言える。

なんてことを悶々《もんもん》考えているあいだにも、依林とママはふたたび背をむけて歩み去ろうとする。

「ちょっと待った」

とっさに呼びとめ、階段から地面へジャンプした。思ったよりも勢いがついて足の裏がじんとしびれた。やめとけ、と止める心の声を無視して、オレの体はまたも勝手な謀反を起こしていた。

「オレも行く」

「は？」

「そういやオレも翼から回収するもんがあったんだ」

近所の月極駐車場から清花飯店のライトバンに乗りこんで数分後、高級住宅地にそびえる豪邸の玄関に入り、依林《イーリン》の横から「よっ」と顔を出したオレを見た翼の驚愕《きょうがく》っぷりを前にしたときには、そこそこ爽快《そうかい》感があった。

「柊也……なんでおまえが」

「めぐりめぐってこうなった。ついでだからさっき店で貸した金、返してもらおうと思ってさ。ひとり一五〇〇円、おまえ金あんだから加島たちのぶんも払っとけ。あと、二度とあの店に迷惑かけんなよ」

いやなら依林にぜんぶバラすぞ、と忍び声でおどした翼から四五〇〇円を払わせたときには、そこそこ勝利感もあった。

一方でオレは負けつづけてもいた。器を回収した依林ママとともにライトバンへもどり、行きとおなじく運転席のななめ後ろに腰かけても、玄関で翼と立ち話をしていた依林がなかなかもどってこない。

なに話してんだ？　依林ママとふたりきりというきまり悪さの中で待つこと一分。二分。三分。四分で早くも限界に達し、オレは自分がなにをしたいのかわからないまま内鍵《うちかぎ》に手をかけ、車を飛びだそうとした。

寸前、運転席から依林ママの声がした。

「だいじょうぶ。依林と翼はうまくいかないよ」

その内容もさることながら、店以外の場所で依林ママが日本語を口にしたのに驚いた。

「え……なんで」

「翼の母親は中国人がきらいだ」

「え」

「隠してもわかる」

オレは依林ママに洗っていない器を返した翼ママの作り笑いを思いだした。もしも依林ママの言うとおりなら、たしかに依林と翼にとってはゆゆしき問題だ。けど——。

「きらってるのに、しょっちゅう出前をとってるわけ？」

「中国人はきらいだけど中華料理は好きだ。日本料理食べてる外人がみんな日本人を好きなわけじゃないよ」

「おばさん、そんなヤツにメシ届けるのいやじゃないの」

「金持ちには不愉快なヤツが多いよ。不愉快なヤツを敵にしたっていいことひとつもない。客にすれば金が生まれて愉快になる」

愉快愉快、と笑いながら片手をうかし、依林をせかすように軽くクラクションを鳴らす。

さすが依林のママ、筋金入りの商売哲学だ。感心するオレと依林ママの視線がバックミラー越しに交わった。瞬時、ママの目からすっと笑みが引いた。

「あれから店に来ないね」

急に下がった声のトーンにどきっとし、たまらずオレは目を落とした。

「すみません」

「責めてない。気になってただけ」

「なんていうか、合わせる顔がないっていうか」

「なに言ってんの」

「自分でもよくわかんなくて。なんでオレ……」

「わかってる。あんたまだ子供なんだからいいんだよ」

「依林にはあのこと……」

「言ってない」

「だと思った。あの、できればうちの母親にも……」

わかってるわかってる、と依林ママが心得顔でうなずいてみせる。

「そういや、あんたのママも店に来なくなったね。どうしてる？」

「ふつうに元気……」

条件反射的に返そうとして、思いなおした。

「元気じゃないです」

今さら依林ママを相手にかっこつけてもしょうがない。

「ちょっとふつうじゃなくなってるっていうか」

「それはそうだ」

「そうかな」

「まだ四ヶ月だから」

「暗いんです。ボケ役の親父がいないもんだから、めったに笑わなくなっちゃって」

「じゃあ、あんたが代わりにボケてやんなきゃ」

「へ」

「あ、でもまだあんたも無理か」

四ヶ月だもんね、とくりかえす。

依林ママと話をしてるうちに、なんとなく体の力がぬけてきて、オレは浅くシートにのせていたケツを奥の背もたれにくっつけた。とたん、今日という一日の疲れがじわっと全身に広がった。急に眠気すら催したオレに、そのとき、依林ママが目の覚めるような言葉を投げてよこした。

「依林が言ってたよ。あんたがしゃべんないとつまんないって」

「え」

「でも、今はそっとしといてあげたいって」

「ほんとに？」

「あれはあれで心配してる」

「心配……て、オレを？　依林が？」

「あと、顔は翼よりあんたのほうが好みだって」

「マジすか」

落ちつけ、これは同情だ。そう自分に言いきかせながらも、運転席へとのめる体は止められない。

「依林がそう言ったの？　オレのことが心配で、顔は翼よりオレのが好みって？　なんか脈絡ないけどほんとに？」

このチャンスに根掘り葉掘り聞きだし、依林の本音を探りたかった。本当のところあいつはオレをどう思ってるのか。今後の見込みはアリかナシか。しかし、依林ママがもったいつけてニタニタしてるあいだにライトバンのドアが開き、当の依林がもどってきてしまった。

翼との立ち話は十分程度。ほっとしてがっかりだ。

「ずいぶん長い立ち話だな」

オレのいやみを黙殺して右横のシートへ腰をすべらした依林は、なんでだか微妙な表情をしていた。沈んでるといえば沈んでるような、むくれてるといえばむくれてるような。依林ママがライトバンを発進させても口をきかず、「どうした？」と尋ねても答えない。オレはオレでまださっきの会話を引きずってたから、たがいに黙ったまま依林は右へ、オレは左へ首をかたむけていた。

だいぶ窓明かりがさびしくなってきた家並み。

黒々と色濃く、それでいてどこか透明感のある闇。

歩きとも走りともチャリともちがう速度ですべてが窓の外を駆けぬけていく。

顔は翼よりあんたのほうが好みだって……好みだって……好みだって……。最初はそこばかりをリフレインしてたオレは、いつしかもっと前のほうまで会話をさかのぼらせていた。依林にはあのこと……あのこと……あのこと……。内心かなり緊張してたオレに、「言ってない」と依林ママは断言した。うちの母親にも言わないと約束してくれた。実際、あの調子だと墓場まで持っていってくれそうだ。できれば消したいオレの失態。

今でもなんであんなことになったのかわからない。親父の四十九日がすぎたころ、オレは無性に依林パパの料理を食いたくなった。ひさびさに訪ねた清花飯店でひとり、ぶあついチャーシューをのせたラーメンをすってたら、ななめ前の席でピータン豆腐をつまみにビールをくらってるおっさんが目に入った。親父の大好物だった清花飯店のピータン豆腐。行けば必ず一番に注文してたのに、病気が進んでからは食いたいもんも食えなくなって、病院のまずいメシをヤセ我慢して喉《のど》へ押しこんでいた。あのおっさんはあんなにうまそうに、あんなにあたりまえみたいな顔をしてピータン豆腐を食ってるのに、オレの親父はもう食えない。親父には二度とあれが食えないんだと、思ったときにはもう涙が止まらなくなっていた。みっともないくらい大声でオレは泣いた。こんな泣きかたがあるんだと自分でも驚いた。波打つみたいに震える背中を依林ママがさすってくれてることにもしばらく気がつかなかったほど。

我に返ってから死ぬほど恥ずかしくなった。騒がしい悲しみかたはせず、淡々とやりとおす覚悟があったのに、なんてザマだろう。

以来、清花飯店へ足をむけてなかったのは依林ママと顔を合わせづらいから、そして今でもピータン豆腐を見ると涙腺《るいせん》がやばい気がするからでもあった。

「けどラーメン食いてえなあ」

ライトバンの天井をあおいでつぶやいた。

オレのとなりでこむずかしい顔をしていた依林がひとりごとみたいにつぶやいたのも、ほぼ同時だった。

「パンダ一発、はたく程度でよかったのに」

「え」

「復讐《ふくしゅう》して……なんて、そんなに本気じゃなかったのに」

復讐。例の「ギャクサツ」のことか？　なんでこのタイミングであんな昔の話を？

しかもパンダってなんだ、と混乱しながらも、

「わかってたよ、本気じゃないくらい」

きょとんと言いかえしたオレを、依林がはたとふりむいた。妙にびっくりした顔で、切れ長の一重まぶたを大きく見開いて。

「おまえのことはたいがいわかってる」

「柊也、知ってたの？」

「すご」

依林の瞳《ひとみ》に感嘆の色がうかんだ。瞬間、心の湿り気も、体のだるさも、ぜんぶがぶわっと吹き飛んだ。十分の立ち話にくらべればえらく短い会話だったけど、すご、の一語だけでオレは最後の最後に勝者となったのだ。

しかも顔は翼よりオレのが好みなんだ、と高ぶる思いを胸に夜空をふりあおぐと、薄くたなびく雲の中にまんまるの黄色がぴっかり灯《とも》って、まるでうまくいった目玉焼きみたいに世界を照らしていた。


清花飯店の前に停めていたチャリを拾って、今度こそ軌道からそれることなく帰路についた。十四年間の人生で一番長かった夜をのりこえ、マンションへ帰りついたのは十一時四十分。十分前にパートから帰っていた母親に惜しいところで先をこされた。

「こんな時間までなにやってたのよ。親にも無断で、まだ中学生のくせにどういうつもり？　納得のいく説明をなさい」

仁王立ちで責めたてる母親は、オレに言いわけを禁じながらも説明を要求する。なんていうか、全体的に余裕がないんだな。たしかに、今のこの人に必要なのは無口な親父のもうひとりじゃなくて、家庭に笑いをもたらすボケ役のほうなのかもしれない。

「心配かけてごめんなさい」

天然の父親にはかなわないまでも、オレは精一杯のオレらしさをふりしぼって言った。

「ズッチャンちでとてつもなくエロいDVDを観る予定が、肝心のプレーヤーが壊れて、樋口が機械に強いまたいとこを連れてきて、全身全霊で応援したにもかかわらず、プレーヤーは直りませんでした」

無念です、とふかぶか頭を下げる。

はたして通用するだろうか。数秒後、おそるおそる顔色をうかがうと、母親はこわばっていた口もとをむずむずさせていた。目が合うと、ぷっと噴きだした。

気分は上々だ。

解説　花の降る日

瀧　晴巳

平凡を生きるのは難しい。

自分には特別なものは何もない、そう思う時、ぴゅーぴゅーと風が吹きすさぶ平原に丸腰のまま、ぽつんと突っ立っているような気持ちがして、途方に暮れる。この心細さは、きっと十七歳だったあの頃も、大人になった今も、変わらないのではないか。

そして、森絵都という作家はそのことをよく知っているように思うのだ。

誰もがうらやむような輝かしい才能があれば、あるいは誰もが振り返るような美貌《びぼう》の持主であれば、こんなふうに悩んだりはしないのかも知れない。なけなしの力を振り絞っても空回りするちっぽけな自分は、悩みまでちっぽけな気がして、つくづくと嫌になってしまう。人に言ったら「なんだ、そんなこと」と笑われてしまいそうなことをうまく笑い飛ばすことが出来ず、のたうちまわるのが人間だ。声高に語れるようなものは何もないけれど、沈黙の向こうで、誰もがたぶん、自分だけのささやかな哀しみをぎゅっと抱きしめながら、今日もありふれた毎日を生きている。

森絵都の小説は、そんな言葉にならないささやかな哀しみの果てに、奇跡のような一瞬が訪れることを、もう一度、信じさせてくれる。

今日も何もなかった。

また今日も何もなかった。

平凡というのは、たとえばそういうことだ。

配られたカードに、どうやら切り札はなさそうである。

それどころか、自分のところには欲しくないカードばかり、集まってきた気さえする。

このままじゃダメだ。ここから抜け出さなくては。この短編集の主人公たちも「えいやっ」とばかりに自分が今、置かれた状況をどうにかしてひっくり返そうとする。

しかし、人生は一発逆転がやすやすと功を奏するほど甘くはない。

誰もが知っている有名大学を卒業し、誰もがうらやむ一流企業に就職し、誰もが認める知性と容姿を備えた理想的な婚約者と別れ、口ばっかりの自称発明家の男と結婚した「ウエルカムの小部屋」の〈私〉は、結婚後わずか半年で自分の見込み違いを悟り、おまけに浮気《うわき》され、離婚。まさに踏んだり蹴《け》ったりの目に遭う。

〈夜勤と偽って女のもとへ通っていた夫に、私は泣きわめきながら「死んでやる」と脅し、相手の女にも電話で「殺してやる」と凄《すご》んだ〉

カッコ悪くて、みっともないこと甚だしい。

浮気されたことより、離婚したことより、もっと痛恨なのは、ここまでアカン自分をさらけ出してしまったことだろう。男にフラれ、虚勢を張る余裕さえなくし、それだけは言ったらおしまいよということを泣きわめきながら口にするなんて！

しかし、こういう場面を容赦なく描くところが、この作家を信頼する由縁である。

虚勢なんて張れない時が、生きていれば必ずあるのだ。

カッコ悪くて、みっともないこと甚だしい自分に、がっかりして心底打ちのめされているのは、誰より自分自身なのである。

それでも、そこからまた始めなくてはならない。痛い、つらい、悲しい。明けない夜みたいなどん底の気持ちを抱えたまま、今日も何もなかった、また今日も何もなかった。そんな日々を繰り返す。

だからこそ、あのバカバカしい「ウエルカム」の魔法に救われたのではないか。便座の蓋《ふた》がぱかっ。そんなことに救われてしまう日が来るなんて誰に予想できるものか。ぱかっ、という乾いた音を思い浮かべると笑い出したくなる。

『気分上々』には2000年から2012年までにあちこちの媒体で書かれた9編が書いた順番通りに収録されている。そのうち「17レボリューション」「本物の恋」「気分上々」の3編が十代の主人公というのも、嬉《うれ》しい驚きだった。

あらためて言うまでもないことだが、森絵都は児童文学、いわゆるYA（ヤングアダルト）小説から出発した。『リズム』『カラフル』『DIVE!!』……今も読み継がれているロングセラーも多い。『永遠の出口』をきっかけに大人の読者を対象とする一般文芸に進出。２００６年には『風に舞いあがるビニールシート』で直木賞を受賞。直木賞までとったからには、もう十代を主人公にした作品は読めないんじゃないかと勝手に思っていたのだが、そんなことはなかった。

まるでこの3編が呼び水になったかのように、今年（２０１４年）には、二十四人の中学生を二十四編の小説にした連作短編集『クラスメイツ』を上梓《じょうし》。

作家デビューから二十四年。

森絵都が、もう一度、はじまりの場所に還ってきた。

この十三年分の足跡が刻まれた『気分上々』を読みながら、ふとそんな気にさせられてしまったのはそのせいかも知れない。

それにしたって自分革命だなんて「17レボリューション」の千春も、強引なことを思いついたものだ。待てない、今すぐ変わりたい、その性急さが若さなのだろう。

いや、それにしたってその方法が「親友と絶交すること」だなんて……と大人は笑うかも知れない。でも十代の頃を思い出してほしい。自分で選べることより、選べないことの方がずっと多かったはずだ。家族のことにしても、失恋にしても、否応なく受け入れるしかなくて、だからこそ千春は、自分で選んでみたかったのに違いない。

〈「価値ってのは、自分で決めてこそナンボでしょ。自分にとってなにが大事で、なにがくだらないのか、自分以外のだれが決めてくれんのよ」〉

千春は親友のイズモに一喝される。本当だねえ、と思う。まったくだ。大人になった今でも、私たちは何度も間違えるし、見失う。「本物の恋」でチズが泣いたのは、本物の恋なんてないかも知れないと思いかけていたのに「いや、それはある」と彼の慟哭《どうこく》が教えてくれたからだろう。だとしたら、十七歳のチズの涙は「ヨハネスブルグのマフィア」で三十九歳と二ヶ月の〈私〉が抱いた希望と何が違うというのか。もうこの先、何も起こらないと思っていたのに、それは起こった。

だからこそ、始まりから終わりが透けていた恋に、体ごと飛び込んでいったのだ。ああ、そうか、大人になったとしても、私たちは何度も間違えるし、見失う。だとしても、間違えて初めて見える景色がある。わかることがある。間違えてもいいから踏み出さずにいられなかった一歩があって、そのことがこれからも自分を支えてくれる。希望と言うなら、それこそが希望なのではないか。

〈「死んだ人間は一度だけ形を変えてこの世に戻ることができるんだ。私がおまえを認めるとき、仮にそんなときが訪れるとしたら、私は花に姿を変えておまえにそれを知らせよう」

「花……」

「五枚の白い花びらだよ」〉

祝福は、思いがけない時に訪れる。「ブレノワール」のジャンのように。武骨で頑《かたく》ななジャンのような男にとって、それはどんなにか遠い道のりだったろう。

それに比べると、表題作「気分上々」の主人公、柊也ときたら、寄り道だらけである。いや、比べる必要もないのだが、あっちふらふら、こっちふらふら、誘惑に負けっぱなし！行き当たりばったりに見える柊也だけど、本当は、泣きたかった。

みっともないくらい大声で泣いた。

でもそれは依林ママしか知らない、柊也の秘密なのだ。

声高に語ったりはしないだけで、きっと誰もが、そんな秘密を胸にそっと抱きながら、ありふれた日々を何食わぬ顔で生きている。本当は何もなくなんかない。みっともなくたっていい。間違ったっていい。寄り道だらけでもいいのだ。

今日は、今日だけは少しだけ胸を張ったっていい。

そんな日がきっとある。

森絵都という作家は、凡庸を生きる私たちのささやかだけど切実な日々に、思いがけない祝福の花びらを降らせてくれるのである。

本書は二〇一二年二月に小社より刊行された
単行本を加筆修正して文庫化したものです。

気分上々《きぶんじょうじょう》

森《もり》 絵都《えと》

平成27年 1月25日　初版発行

発行者●堀内大示

発行所●株式会社KADOKAWA
〒102-8177　東京都千代田区富士見2-13-3
電話 03-3238-8521（営業）
http://www.kadokawa.co.jp/

編集●角川書店
〒102-8078　東京都千代田区富士見1-8-19
電話 03-3238-8555（編集部）

角川文庫 18977

印刷所●旭印刷株式会社　製本所●株式会社ビルディング・ブックセンター

表紙画●和田三造

ISBN978-4-04-102061-6　C0193

角川文庫発刊に際して

角川源義

第二次世界大戦の敗北は、軍事力の敗北であった以上に、私たちの若い文化力の敗退であった。私たちの文化が戦争に対して如何に無力であり、単なるあだ花に過ぎなかったかを、私たちは身を以て体験し痛感した。西洋近代文化の摂取にとって、明治以後八十年の歳月は決して短かすぎたとは言えない。にもかかわらず、近代文化の伝統を確立し、自由な批判と柔軟な良識に富む文化層として自らを形成することに私たちは失敗して来た。そしてこれは、各層への文化の普及滲透を任務とする出版人の責任でもあった。

一九四五年以来、私たちは再び振出しに戻り、第一歩から踏み出すことを余儀なくされた。これは大きな不幸ではあるが、反面、これまでの混沌・未熟・歪曲の中にあった我が国の文化に秩序と確たる基礎を齎らすためには絶好の機会でもある。角川書店は、このような祖国の文化的危機にあたり、微力をも顧みず再建の礎石たるべき抱負と決意とをもって出発したが、ここに創立以来の念願を果すべく角川文庫を発刊する。これまで刊行されたあらゆる全集叢書文庫類の長所と短所とを検討し、古今東西の不朽の典籍を、良心的編集のもとに、廉価に、そして書架にふさわしい美本として、多くのひとびとに提供しようとする。しかし私たちは徒らに百科全書的な知識のジレッタントを作ることを目的とせず、あくまで祖国の文化に秩序と再建への道を示し、この文庫を角川書店の栄ある事業として、今後永久に継続発展せしめ、学芸と教養との殿堂として大成せんことを期したい。多くの読書子の愛情ある忠言と支持とによって、この希望と抱負とを完遂せしめられんことを願う。

一九四九年五月三日